새를
만나는
시간

새를 만나는 시간

첫 번째 찍은 날 2021년 9월 30일

글, 그림 이우만
펴낸이 이명회 | 펴낸곳 도서출판 이후 | 편집 김은주 | 디자인 Studio Marzan 김성미

ⓒ 이우만, 2021

등록 1998. 2. 18.(제13-828호) | 주소 10449 경기도 고양시 일산동구 호수로 358-25(동문타워 2차) 1004호
전화 (영업) 031-908-5588 (편집) 031-908-1357 | 팩스 02-6020-9500
이메일 smallnuri@gmail.com | 블로그 blog.naver.com/dolphinbook | 페이스북 facebook.com/smilingdolphinbook
ISBN 978-89-97715-79-4 03810

웃는돌고래는 〈도서출판 이후〉의 어린이책 전문 브랜드입니다.
어린이의 마음을 살찌우고, 생각의 힘을 키우는 책들을 펴냅니다.

새를
만나는
시간

이
우
만

웃는돌고래

하필이면 새

"선생님은 왜 하필 새를 관찰하고 그리시나요?"

이 질문은 강연 때 여러 번 받기도 했고 나 역시 가끔 생각해 보는 것이다.

'난 왜 하필 새를 관찰하고 그리는가….'

처음 일로 접한 분야는 식물이었고 본격적인 세밀화로 출판사에서 가장 먼저 제안받은 분야는 민물고기였다. 그리고 처음 새에 관한 책 《창릉천에서 물총새를 만났어요》를 내기 전까지는 주로 포유동물을 세밀화로 그렸다. 새는 나 스스로 원해서 관찰하고 결과를 만들어 낸 대상이다. 그럼 나는 왜 새를 관찰하고 그들의 이야기를 책으로 만들어 사람들에게 들려주는가.

우선 새를 관찰 대상으로 삼은 가장 큰 이유는 새들이 야생에서 실제로 관찰하기 쉽기 때문이다. 포유류는 대부분 야행성인데다 사람에 대한 경계심이 매우 강하다. 최근 도심 하천에서 수달이 관찰되기도 하고 고라니나 너구리, 족제비 등은 도심 인근 숲이나 공원 등에서 종종 관찰이 되기도 하지만 야생 상태의 포유류를 관찰하기란 여전히 쉽지 않다. 그래서 야생 포유류는 실제로 관찰하기보다는 주로 똥이나 발자국 같은 흔적을 관찰하는 경우가 많다. 게다가 우리나라에서 호랑이나 표범, 늑대 같은 대형 포유류는 대부분 멸종됐다고 여겨지기 때문에 관찰할 수 있는 종류도 많지 않다. 관찰이 쉽다는 이유만이라면 곤충이 더 좋은 대상일 수도 있다. 곤충이나 거미류는 채집해서 관찰할 수 있다는 장점도 있으니까… 하지만 계절에 따른 편차가 크고 종류가 너무 많다는 것이 부담스러웠다. 물고기는 일단 물에 들어가야 하는데 난 수영에 자신이 없다. 식물은 그 종류도 너무 많을 뿐 아니라 이미 관찰하고 그리는 사람들이 많아서 '굳이 나까지…' 라는 생각도 들었다.

새들은 대부분 환한 낮에 활동하며 사람이 사는 곳 둘레에서 쉽게 만날 수 있다. 이동부터 교미, 둥지에서 번식과 육추, 이소 후 생활까지 어느 정도의 노력으로 관찰이 가능하며 그 종 수(전 세계적으로 약 만여 종, 우리나라에선 약 570종)도 적당하다. 또 관찰할수록 느끼는 것은 그들이 자연의 복잡한 생태 그물 안에서 균형을 잡는 훌륭한 조절자이며 조화롭게 공존하는 방식을 선택한 현명한 생존자들이라는 점이다.

새들은 사람들이 스스로 살아가기 힘든 사막이나 남극 같은 극한의 환경에서도 잘 적응해 살아간다. '새들이 살 수 없는 환경에서는 인간도 살 수 없다'는 말에 고개를 끄덕이게 되는 이유다. 오랜 시간에 걸쳐 진화한 그들의 생존 방식은 과학기술의 발전으로 이어져 인간들의 삶에 많은 편리를 가져다주었을 뿐만 아니라, 자신들이 만든 과학기술의 부작용 때문에 절체절명의 위기에 처한 지금 시기의 인간들에게 어떻게 그 위기를 이겨 낼 수 있는지 해답을 알려 주고 있다.

새들을 관찰하는 일은 그 자체로 많은 즐거움을 준다. 그들은 조형적으로 매우 아름답고 종에 따른 독특한 모습과 행동은 끊임없이 나의 호기심을 자극해 질문하고 생각하게 만든다. 수많은 예술가들이 새에게서 예술적 영감을 얻은 까닭일 것이다. 내가 새를 관찰하고 그들을 그리고 그들의 이야기를 책으로 만드는 이유도 그런 즐겁고 의미 있는 경험들을 다른 사람들과 나누고 싶기 때문이다.

오랜 시간 새들을 만나며 그때 그때 짧게 기록해 둔 인상 깊은 이야기들과 내가 하는 생태 강연의 큰 줄기가 되는 생각들을 정성껏 다듬어 이 책에 담았다. 그림은 체력과 인내심이 필요한, 고단하지만 익숙한 작업이라면 글을 쓴다는 것은 언제나 나를 조마조마하게 만드는 큰 모험이다. 모쪼록 재미있게 읽어 주셨으면 좋겠다.

2021년 9월
이우만

2부 새를 그리다가

일러두기
_ 띄어쓰기와 맞춤법 등은 "표준국어대사전"의 표기 원칙을 따랐다.
_ 단, '딱따구리'와 '나무발바리'의 표기는 조류협회의 표기 '딱다구리', '나무발발이'를 따랐다.
_ '뱁새'의 정식 명칭은 '붉은머리오목눈이'지만, 이 책에서는 느낌을 살리기 위해 '뱁새'로 표기했다.

1부

___

새와 나

노랑배진박새

내가 뒷산을 서성이는 까닭

몇 년째 계속 봄마다 뒷산을 들러 가는 노랑배진박새를 가을에도 만났다. 봄에는 주로 참나무 높은 가지에 달린 새순을 뒤져 애벌레나 작은 거미류를 잡아먹더니, 가을에는 온갖 나뭇잎 사이와 땅바닥까지 활발하게 움직이면서 벌레들을 잡아먹는다. 봄에 본 노랑배진박새의 배는 햇빛을 머금은 참나무 새잎의 색을 꼭 닮았다. 그런데 가을에 보니 노랗게 물든 팥배나무 잎 색을 닮아 있다.

날벌레를 쫓아 날아오른 녀석이 돌아가 앉을 곳을 찾다가 돌연 내가 들고 있던 카메라 렌즈에 앉았다. 가랑잎이 내려앉은 듯 무게가 전혀 느껴지지 않았다. 차갑던 플라스틱 카메라에 가을 햇살이 한참 머문 듯 온기가 전해진다. 녀석의 미세한 심장 박동까지 전달되는 기분이다. 다시 날벌레를 쫓아 날아가기까지 잠깐의 시간이었지만 내겐 아주 느리고 길게 느껴졌다.

녀석이 떠나고도 한참 동안 내 심장은 두근거렸고 미세한 온기도 카메라에 그대로 남아 있는 듯했다.

이런 순간 때문에 자꾸만 뒷산을 서성이게 된다.

쇠 박 새

쇠박새의 꾀

11월 말, 쌀쌀한 날씨에 먹이를 찾던 박새가 아까시나무 가지에서 벌레집을 발견했나 보다. 한 입 먹고 부리 한 번 닦고 만찬을 즐기고 있는데 지나던 쇠박새가 그걸 봤다. 박새가 뭘 그리 맛있게 먹나 주위를 얼쩡거려 보지만, 박새는 쇠박새에게 나눠 줄 생각이 없다. 몇 번 부리를 들이밀다가 박새에게 쫓겨난 쇠박새가 꾀를 냈다. 조금 떨어진 다른 나뭇가지로 날아간 쇠박새는 뭔가 맛있는 걸 발견한 것처럼 호들갑을 떨었다. 호기심 많은 박새는 쉽게 걸려들었다.

박새가 쇠박새 쪽으로 날아오자, 그 틈에 쇠박새는 얼른 박새가 있던 나뭇가지로 날아가 붙어 있는 벌레 알집을 한 입 맛봤다. 속은 걸 알아채고 다시 돌아온 박새에게 금세 쫓겨나기는 했지만, 맛이라도 봤으니 그게 어딘가.

새 이름 앞에 '쇠'라는 단어가 붙으면 그 종류 중에서 크기가 작은 편이라는 뜻이다. 별로 크지 않은 박새도 쇠박새와 같이 있으면 덩치가 꽤 커 보인다. 뇌가 그렇듯 꾀도 꼭 덩치에 비례하는 건 아닌가 보다.

쇠박새는 그 작은 머릿속 어디에 그런 꾀를 내는 주머니가 있을까? 꾀 많은 쇠박새 덕에 한참 웃었다.

어치
기억력이 나쁘다고?

어치도 먹이를 저장하는 새 중 하나다. 가을이 되면 밤이나 도토리를 부리로 따서 깍지를 벗긴 다음 숲 여기저기에 저장한다. 그맘때쯤 뒷산 언저리에 있는 작업실 옥상에서 부리에 도토리를 물고 숲 저편으로 날아가는 어치를 지켜보는 걸 좋아한다.

사람들이 어치에 대해 설명하는 말 중에 기억력이 나쁜 어치가 도토리를 숨겨 놓고 까먹는 바람에 참나무가 숲에 퍼진다는 얘기가 있다. 결과적으로 참나무의 번식을 돕는 건 맞는데 어치 기억력이 나쁘다는 표현은 개인적으로 동의하기 힘들다. 외국의 연구 사례에서 어치와 친척쯤 되는 잣까마귀가 평균 2, 3천 곳에 3만 개 정도의 씨앗을 숨긴다고 하니 어치도 적게 잡아 대략 수천 개 이상의 먹이를 숨길 것이다.

한겨울 눈이 펑펑 내려 어디가 어딘지 잘 구분되지 않는 숲에서 어치를 만난 적이 있다. 나무 위에서 잠시 두리번거리던 어치는 별 고민 없이 눈 덮인 숲 바닥에 내려앉아 부리로 눈을 파헤친다. 갈색 나뭇잎과 함께 눈이 치워지고 나면 어느새 어치의 부리엔 갈색 도토리 한 알이 물려 있다.

잊고 간 물건 때문에 몇 번이나 현관 비밀번호를 누르고 종종 안경을 쓴 채 세수를 하는 나로선 도저히 어치에게 기억력이 나쁘다는 말은 못 하겠다.

뻐 꾸 기

태어남을 축하받지 못하는 생명

뻐꾸기는 봄에 우리나라로 와서 번식을 하고 가을에 아프리카로 떠나는 두견이과의 대표적인 여름 철새다. 이 새는 독특한 소리뿐 아니라 '탁란'이라는 특이한 번식 방법으로도 유명하다. '탁란'이란 어떤 새가 다른 종의 둥지에 알을 낳고 그 둥지의 어미를 숙주로 삼아 자신의 새끼를 대신 키우도록 하는 번식 방법이다.

그냥 더부살이 정도라면 군이 뭐라 하고 싶지 않은데 그 번식 방법이 눈쌀이 찌푸려질 만큼 꽤 잔인하기까지 하다. 미리 봐 둔 둥지에 숙주새가 알을 낳으면 그중 하나를 훔쳐내고 재빨리 자신의 알을 낳는다. 숙주새의 알보다 조금 더 일찍 깨어난 뻐꾸기의 새끼는 유전자의 지시대로 등에 난 돌기에 닿는 알이나 새끼들을 무조건 둥지 밖으로 밀어낸다. 그리고 숙주새가 주는 먹이를 독차지하고 자란다.

물론 숙주새들도 가만히 앉아서 당하기만 하는 건 아니다. 뻐꾸기 알과 구분되도록 알의 색이나 무늬를 바꾸는 등 다양한 방법으로 탁란 당하지 않으려 노력한다. 뻐꾸기와 숙주새의 치열한 생존경쟁은 많은 생태 연구자들의 연구 주제이기도 하다.

숲에서 다 자란 뻐꾸기 유조를 만난다는 것은 숙주새의 새끼들이 희생됐음을 의미한다. 그렇다고 숙주새가 뻐꾸기의 탁란을 전부 방어한다면 결국 뻐꾸기라는 종은 멸종되고 말 것이다.

뒷산에서 새들을 관찰하고 집으로 돌아가는 길, 멀리서 "훠~꾹 훠~꾹" 뻐꾸기 소리가 들린다. 뻐꾸기가 번식에 성공하길 바라야 할까? 아니면 실패하길 바라야 할까?

감나무가 맺어 준 인연

새를 오랫동안 관찰해 온 사람들과 이야기를 하다 보면 꼭 만나고 싶은데 유독 인연이 닿지 않는 새들이 한둘씩 있게 마련이다. 내 경우엔 한국동박새가 그랬다. 언젠간 만나겠지 하며 느긋하게 마음먹었지만 나랑 같은 처지였던 사람들이 하나둘 한국동박새를 만나니 슬슬 조바심이 나기 시작했다. 안 되겠다 싶어 한국동박새를 쉽게 볼 수 있다는 먼 섬에 가 보기도 했지만 역시나 만나지 못했다.

그렇게 한국동박새에 대한 내 짝사랑이 한없이 커져 가던 어느 가을이었다. 내 작업실 창밖에는 주인 없는 감나무가 한 그루 있다. 주인이 없으니 감이 익어도 아무도 따지 않았고 주황빛으로 잘 익은 감은 자연스레 숲에 사는 새들을 불러들였다. 그날도 요란한 직박구리 소리 사이로 "킥 킥" 하는 청딱다구리 소리가 들렸다. '청딱다구리가 감을 먹으러 왔나 보다.' 생각하며 창가로 갔다.

감을 먹는 청딱다구리 뒤로 녹색 깃을 가진 작은 새가 두 마리 보였다. '동박새구나!' 남부지방에선 흔한 텃새지만 서울에선 보기 쉽지 않은 새라 기록을 남기려고 카메라를 가져왔다. 망원렌즈로 새를 찾아 자세히 보니 이럴 수가! 동박새 옆구리에 적갈색 무늬가 선명하게 보이는 게 아닌가!

'설마 동박새 옆구리에 주황색 감이 묻은 건 아니겠지?'

가로막힌 창문이 없었다면 내 뱉은 탄성에 한국동박새들이 놀라 달아날 뻔했다. 그렇게 애타게 찾아 헤맬 때는 이상하리만치 인연이 닿지 않던 한국동박새를 결국 내 작업실 창을 사이에 두고 만나다니…. 수십년 전 누군가 심은 감나무가 맺어 준 인연이 참으로 놀랍다.

굴뚝새
적당한 행운

―――――――――

가끔 운이 좋은 날이 있다. 작업실로 향하는 가파른 언덕길을 다 올라 잠시 숨을 고르고 가방에서 망원렌즈가 장착된 카메라를 꺼내자마자 내 바로 앞에 굴뚝새가 나타나 온갖 재롱을 떨어 주는 그런 날 말이다.

예전엔 탐조를 시작하자마자 이런 행운을 만나면 점점 더 큰 행운을 기대했다. 하지만 약간의 경험이 쌓인 지금은 그냥 일찍 찾아온 행운을 편한 맘으로 충분히 즐긴다. 한 사람이 얻게 될 행운도 어느 정도 총량이 정해져 있다고 생각하게 됐기 때문이다. 그렇게 생각하게 된 다음부턴 행운이 계속되면 왠지 부담스럽다. 그저 내가 노력한 것보다 조금 더 많은 정도만 바라게 된다. 또 끝까지 운이 따르지 않을 때면 다음번에 좀 더 적립된 행운이 찾아오겠구나 하는 기대를 갖게 되어 실망하는 마음도 덜하게 된다.

카메라에 담긴 굴뚝새의 반짝이는 까만 눈빛을 보고 있으니 오늘의 행운은 이 정도면 충분하다 싶다.

검은등뻐꾸기

사람들 듣는 귀는 다 비슷비슷

오랫동안 간직한 궁금증을 풀어 달라는 독자의 연락을 받은 적이 있다. 내용인즉 수십 년 전 군 생활을 할 때 자주 들었던 새소리가 있었는데 끝내 답을 알지 못하고 제대를 했다는 거였다. 사는 데 바빠 잊고 지내다 내 책《뒷산의 새 이야기》를 보는 순간 그 일이 떠올랐고 '이런 책을 만든 사람은 답을 알고 있지 않을까?' 하는 생각이 들어서 연락을 했다는 것이었다.

새를 좋아하긴 하지만 전문적으로 새를 연구한 학자도 아닌데 알 수 있을까? 걱정이 앞섰다. 그분은 내 걱정은 아랑곳 않고 약간 상기된 음성으로 새소리를 설명했다.

"그 새소리를 우리들끼리는 이렇게 흉내 냈어요. '홀딱 벗고~ 홀딱 벗고'."

그 소리를 듣자마자 난 안도한 목소리로 대답했다.

"네. 알 것 같습니다. 잠시만요."

컴퓨터에서 새소리 파일을 찾아 전화기에 대고 들려 드렸다.

"이 소리가 맞나요?"

"네, 맞습니다. 이 소리예요!"

흥분된 마음을 누르며 침착한 목소리로, 이 새는 봄에 우리나라를 찾아와 번식하는 두견이과 새인 '검은등뻐꾸기'라고 알려 드렸다. 그분은 수십 년 된 궁금증이 풀렸다며 무척 고마워하셨다.

새를 보는 사람들이 우스갯소리처럼 흉내 내던 검은등뻐꾸기 소리를 새에 대해 전혀 알지 못하던 군인들이 똑같이 표현했고 수십 년 뒤 그 표현을 단서로 새의 이름을 알게 되었다. 새를 본다는 것은 정말 흥미롭지 않은가.

곤줄박이

뻔뻔이라 불린 새

산 가까이 살 때 일하는 방 창밖에 새들을 위한 먹이대를 설치한 적이 있었다. 한겨울에 정육점에서 얻어 온 쇠기름부터 땅콩, 들깨, 해바라기씨 등을 주었더니 박새, 쇠박새, 진박새, 곤줄박이, 동고비, 오색딱다구리, 청딱다구리 등 다양한 새들이 찾아왔다. 책상에 앉아 있으면 바로 옆 창문에서 새들이 먹이를 먹고 가는 걸 볼 수 있었다. 그러던 어느 날, 무언가 창문을 두드리는 소리가 들렸다. 고개를 돌려 보니 곤줄박이 한 마리가 부리로 창문을 톡 톡 치고 있었다.

신기해서 가만히 바라보다가 먹이대를 보았다. '에이 설마…. 그래도 혹시?' 반신반의하며 창문을 살짝 열고 땅콩 한 알을 올린 손바닥을 내밀었다. 그랬더니 잠시 망설이는가 싶던 녀석은 거짓말처럼 내 손에 있던 땅콩을 냉큼 물고 날아갔다. 먹이대에는 아직도 꽤 많은 해바라기씨가 남아 있었지만 녀석은 오직 땅콩을 먹고 싶었던 것이다. 급히 딸아이를 불러 일어난 일을 말해 주었다. 딸아이는 신기해하면서도 선뜻 믿으려 하지 않았다.

내가 억울해하고 있을 때 곤줄박이 한 마리가 먹이대로 날아왔다. 두 발로 콩콩 뛰어 먹이대를 돌아본 녀석은 아까처럼 다시 창문을 톡톡 두드렸다. 나와 아이는 서로를 바라보며 크게 미소지었다.

이번에는 아이 손바닥에 땅콩 한 알을 올려 주었다. 조금 열린 창문으로 내미는 아이의 손은 긴장과 설렘으로 살짝 떨렸다. 녀석은 당연하고 익숙한 일인 것처럼 아이의 손에 올라와 땅콩을 물고 날아갔다. 그날 녀석은 몇 번이나 그렇게 우리가 주는 땅콩을 물고 갔고 우린 그 넉살 좋은 곤줄박이에게 '뻔뻔이'라는 이름을 붙여 주었다.

박새

나를 눈뜨게 해 준 고마운 새

대학 졸업 후 다양한 종류의 책에 삽화 작업을 했다. 서른 살이 될 즈음 처음 생태 에세이 《바보 이반의 산 이야기》에 그림을 그리게 되었다. 그려야 할 다양한 동식물 중에 박새가 있었다. 그때만 해도 직접 취재를 하지 않을 때라 인터넷에서 찾은 사진을 참고해 그림을 그렸다. 내가 그린 박새 그림을 글 작가에게 보여 드렸더니 "내가 알던 박새랑 좀 다르네요?" 하셨다.

어디가 어떻게 달라 보인다고 구체적으로 말해 주셨다면 좋았을 텐데 고개만 갸우뚱하시니 난감했다. 고민만 하고 있던 어느 날, 운현궁에 들렀다가 작은 새 한 마리가 포로롱 날아와 장독 위에 내려앉는 걸 봤다. 바로 박새였다. 실제 박새를 본 건 그때가 처음이었다. 박새를 보고 나니 내 그림을 보고 글 작가가 왜 고개를 갸웃거리셨는지 알 것 같았다.

내 머릿속에 있던 박새는 그렇게 작고 까만 눈을 가진 사랑스러운 새가 아니었다. 그림을 새로 그려 다시 보여 드렸더니, 글 작가가 빙그레 웃으며 "좋네요." 하셨다.

정작 신기한 일은 그때부터 일어났다. 여기저기서 마구 박새가 보였다. 온통 박새 천지였다. 내가 사는 집 둘레, 작은 공원, 가는 곳마다 그렇게나 쉽게 만날 수 있는 새였다니. 오히려 그동안 보지 못했다는 게 거짓말처럼 느껴졌다.

그날 이후, 그려야 하는 대상은 동물이든 식물이든 되도록 실제 모습을 한 번이라도 보고 그리려 노력해 왔다. 그리고 있는 대상의 겉모습뿐 아니라 내가 보고 느낀 것을 함께 전달하기 위해서…. 그런 태도를 갖게 해 준 박새에게 지금도 늘 고맙다.

오색딱다구리

누가 더 대단한가

딱다구리들의 부리를 목공 도구인 끌에 비유하곤 한다. 목수가 끌로 나무에 홈을 파듯 딱다구리들이 부리로 나무를 쪼아서 둥지 구멍을 파는 모습이 닮기도 했지만 자세히 보면 그 모양도 끌과 꼭 같기 때문이다. 그런 부리를 가진 오색딱다구리는 다른 도구를 사용하기도 한다. 바로 움푹 팬 나무 틈이다. 오색딱다구리의 발은 곤줄박이나 어치처럼 열매를 움켜쥐는 것보다 수직으로 선 나무줄기를 강하게 잡고 오르내리는 데 적합하다. 그래서 종종 나무 틈에 열매를 박아 넣고 부리로 쪼아 먹는다. 나무 틈을 열매를 고정해 주는, 일종의 바이스처럼 쓰는 것이다.

갈라파고스의 핀치나 새의 지능을 테스트하는 실험에 등장하는 까마귀를 언급할 필요없이 뒷산에 사는 많은 새들도 다양한 도구를 이용해서 살아간다. 어린 시절, 도구를 쓸 줄 아는 건 인간을 비롯한 영장류뿐이라고 배웠다. 다른 생물들을 보며 도구도 쓸 줄 모르는 어리석은 존재들이라고 깔보는 마음도 있었다. 달리 생각해 보면 스스로 가지고 태어난 것만으로 살기 힘들어 도구까지 만들어 써야 하는 인류가 더 모자란 존재일지 모른다.

인간들이 만들어 낸 것들이 많은 문제를 일으키는 요즘, 태어날 때부터 살아가는 데 필요한 모든 것을 갖추고 태어난 자연 속 생명들이 더 대단하다는 생각을 자주 하게 된다.

쇠 딱 다 구 리
안 보인다고 없는 건 아니지

쇠딱다구리는 우리나라에서 관찰되는 딱다구리 중 가장 크기가 작다. 크기가 작을 뿐 아니라 어두운 갈색의 수수한 깃 색 때문에 딱다구리들 중 가장 볼품없어 보이기도 한다. 게다가 다른 딱다구리들처럼 암수가 쉽게 구분되지도 않는다.

분주하게 오르며 나무 틈에서 먹이를 찾던 쇠딱다구리가 잠깐 멈춰서 주위를 살필 때가 있다. 그때 길게 드리운 빛이 쇠딱다구리의 얼굴에 닿으면 운 좋게 쇠딱다구리가 감추고 있던 두 가지가 드러나기도 한다. 바로 늦가을 잘 익은 대춧빛을 띈 홍채와 수컷임을 나타내는 빨간 깃이다.

쇠딱다구리 수컷은 평소에 다른 딱다구리들처럼 빨간 깃이 보이지 않는다. 하지만 잘 보이지 않을 뿐 없는 건 아니다. 드러나지 않는 머리 옆쪽에 적은 양의 붉은 깃을 감추고 있다. 그러다 바람이 휙 불거나 해서 머리 깃이 헝클어질 때 비로소 보인다.

평소엔 잘 보이지 않다가 어떤 조건이 맞을 때 잠깐 드러나는 것들이 있다. 늘 관심을 가지고 자주 바라보지 않으면 좀처럼 알아채기 힘들다. 하지만 당장 내 눈에 보이지 않는다고 없는 것은 아니다.

동고비
다른 방향에서 바라보면

나무줄기에 수직으로 매달려 먹이를 찾는 새들이 있다. 대표적으로 딱다구리들의 경우 나무껍질을 벗겨내고 드러난 구멍 속으로 긴 혀를 밀어넣어 낚시하듯 애벌레를 잡는다. 큰오색딱다구리는 오색딱다구리보다 좀 더 크고 튼튼한 부리를 가지고 있다. 부리 크기만큼 더 깊이 나무를 파고 덩치가 큰 딱정벌레 애벌레를 주로 잡는다. 딱다구리들 중 가장 작은 쇠딱다구리는 얇은 나뭇가지나 나무 틈 속에 숨은 작은 벌레를 찾는다. 개미를 좋아하는 청딱다구리는 주로 나무 아래쪽 구멍이나 뿌리 쪽에서 개미집을 뒤진다.

겨울 철새인 나무발발이는 얇고 길게 휘어진 부리를 이용해서 쇠딱다구리의 작은 부리가 닿지 않는 좁고 깊은 틈에 숨어 있는 먹이를 찾는다. 그렇게 각자 생김에 맞게 조금씩 다른 방법으로 먹이를 찾으니 같은 나무에서 먹이를 찾아도 불필요한 경쟁을 줄일 수 있다. 다른 새들이 나무를 오르며 먹이를 찾을 때 동고비는 반대로 나무를 거꾸로 내려오며 먹이를 찾는다. 보는 방향이 달라지니 다른 새들이 미처 발견하지 못한 먹이를 찾을 수 있다.

가끔 동고비처럼 바라보는 방향을 달리 해 보면 어떨까? 잘 풀리지 않던 골치 아픈 일이 뜻밖에 쉽게 해결되거나 의외로 별일이 아니란 걸 알게 깨닫게 될지도 모른다.

직 박 구 리

편견에서 탈출하기

다른 사람과 함께 새를 보러 갈 때가 있다. 나보다 새에 대해 더 많은 경험과 지식을 가지고 있는 사람과 함께 하면 많은 것을 배운다. 자연을 대하고 관찰하는 모습을 지켜보는 것만으로도 큰 도움이 된다. 나보다 새를 잘 모르는 사람과 함께 할 때도 역시 많은 것을 배운다. 새를 조금 안다고 당연하게 여기고 있던 것들을 다시 한번 되짚어 보게 된다. 새를 많이 본 사람들이 갖고 있는 특정한 새에 대한 편견을 깨닫게 될 때도 있다. 흔한지 아닌지를 떠나 대상이 갖고 있는 매력을 새삼 느끼게 되기도 한다.

책 작업을 위해 글 작가와 뒷산을 올랐을 때도 그랬다. 함께 뒷산을 걷고 있는데 직박구리 한 마리가 "쮸~잇 쮸~잇" 눈앞으로 날아갔다. 새를 보는 사람들에게 직박구리는 그리 환영받는 존재가 아니다. 깃 색도 칙칙한 회색인데다 시끄럽기까지 하다. 욕심도 많아 먹이 때문에 작고 예쁜 새들을 쫓아 버리니 그럴 만했다. 사람을 크게 경계하지 않아서 가까이 볼 기회가 많았지만 크게 눈여겨보지 않았다. 그때 함께 간 작가분이 감탄하며 말했다.

"어머! 직박구리는 어쩜 저렇게 파도처럼 멋지게 날아요?"

뒤통수를 한 대 맞은 느낌이었다. '그렇네, 직박구리가 파도치듯 너울거리며 멋지게 나는구나!' 직박구리에 대한 편견이 내 눈을 가렸던 것이다.

바로 옆 나뭇가지로 날아온 직박구리가 이제야 깨달았냐며 "쮸~~잇 쮸~~잇" 나를 놀린다.

파 랑 새

멀리서 찾으면 목만 아프지

새를 잘 모르는 사람들이라도 '파랑새'라는 새 이름을 들어본 적은 있을 것이다. 벨기에의 극작가이자 수필가인 마테를링크의 동화 제목으로 유명한데, 실제 우리나라에서 관찰되는 새 이름이기도 하다.

동화 속 주인공인 치르치르와 미치르는 파랑새를 찾아 긴 여행을 떠난다. 이런저런 일을 겪고 결국 파랑새를 찾지 못하고 집으로 돌아오는데 집에 있던 새장 속에서 파랑새를 발견한다는 내용이다. 파랑새는 행복을 상징하고 행복이란 먼 곳에 있는 게 아니라 가까운 곳에 있다는 교훈을 들려준다.

봄에 우리나라를 찾아와 번식하는 '파랑새'는 동화에 나오는 파랑새와 이름은 같지만 전혀 다른 새다. 몸에 비해 긴 날개와 넓적하고 큰 부리는 재빨리 달아나는 날벌레들을 잡기에 알맞다.

둥지는 높은 나무에 난 구멍이나 헌 까치둥지를 사용하고 먹이는 하늘에서 구하니 땅으로 내려올 일이 별로 없다. 그래서인지 부리에 비해 발이 아주 작다. 몸 색은 이름처럼 파랗다기보다는 청록빛에 가까운데 그나마 빛을 등지고 하늘을 날 때는 거무튀튀하게 보인다.

아침이나 저녁에 빛을 정면으로 받으면 비로소 먹이나 날개에 있는 파란색이 드러나는데, 그래도 파랑새라는 이름은 그닥 어울리지 않는다. 영명은 오리엔털 달러버드 Oriental Dollarbird인데 날개깃에 1달러 동전 크기의 무늬가 있기 때문이라고 한다.

그래도 이름이 같으니 파랑새를 눈으로 열심히 좇다 보면 행복에 조금이라도 가까워질까? 한참 눈으로 좇아본 경험에 따르면 목만 아프다.

일상이 주는 선물

아침에 집을 나설 때면 잠깐 고민에 빠진다. 장비로 꽉 차 있는 카메라 가방을 가져갈까 말까. 작업실까지 가는 길이 꽤 가파른 언덕길인데다 어차피 오래 관찰할 시간이 없는 날이면 더욱 꾀가 난다. 가방을 슬쩍 들어 보고 내가 이 무게를 짊어지고 가야 할 합리적 이유를 생각해 본다. 잠시 고민을 하지만 대부분은 "에이구~" 하면서 가방을 둘러메고 집을 나서게 된다. 본격적으로 새들을 보러 나섰던 때보다 별 기대 없이 작업실로 향하던 짧은 출근길에 인상 깊은 장면을 만났던 적이 종종 있었기 때문이다.

홍방울새와 만난 날도 그랬다. 그날 아침은 평소보다 좀 더 오래 고민했던 것 같다. 유난히 추웠던 날이라 짐을 조금이라도 줄이고 싶었다. 결국 카메라 가방을 메고 나섰지만 렌즈를 꺼내지도 않고 몸을 잔뜩 움츠린 채 걷고 있었다. 그러다 물오리나무 열매를 정신없이 먹고 있는 검은머리방울새 무리에서 이마에 빨간 깃을 달고 환하게 빛나는 홍방울새를 만났다.

우리 삶 속에서 일어나는 중요한 일들은 우리가 오랜 시간 계획하고 마음먹어서 만들어 내는 것이 아니라 평범한 일상속에서 갑자기 일어나는 경우가 더 많은 것 같다. 어쩌면 우리가 스치듯 지나는 일상 속에는 우리가 알아챈 것보다 훨씬 더 큰 선물들이 숨어 있는 건지도 모르겠다. 지루할 수도 있는 삶을 성실하게 살아 내는 사람만 알아챌 수 있는….

쇠 솔 딱 새

날개가 있어서

열매를 찾아온 새들을 보기 위해 막바지에 이른 층층나무를 찾았다. 도착하고 삼십 분이 지나도록 새 한 마리 보이지 않는다. 쌍안경으로 살펴보니 다행히 아직 먹을 만한 열매들이 꽤 남아 있다. 한참 만에 큰유리새 암수가 다녀가고 다음으로 쇠솔딱새 한 마리가 날아왔다.

높은 나뭇가지 안쪽에서 눈치를 살피던 쇠솔딱새가 결심을 한 듯 공중으로 힘껏 날아오른다. 열매들이 달린 나뭇가지 끝으로 떨어지듯 날아가더니 목표로 삼은 열매를 부리로 낚아챈다. 그러고는 안전해 보이는 그늘 속 가지로 내려앉자마자 열매를 꿀꺽 삼킨다.

아무리 새라지만 가장 잘 익은 열매 한 알을 먹기 위해 허공으로 온몸을 내던지는 장면은 무척이나 인상 깊다. 날개를 접고 낙하하던 새들이 몇 번의 몸짓으로 금세 다시 날아오르는 모습을 보면 날개라는 것이 새삼스럽게 보인다.

가끔 안전장치 하나 없이 얇은 나뭇가지에 매달린 것처럼 사는 사람들의 이야기를 전해 듣는다. 절대 땅으로 곤두박질치지 않을 것이라 믿을 수 있는 잘 훈련된 날개처럼, 우리에게도 최소한의 안전장치가 있다면 좀 더 용감하게 살 수 있지 않을까 하는 생각을 해 본다.

큰 부 리 까 마 귀
온통 검은 줄만 알았더니

새들의 이동 시기에는 대형 맹금류인 독수리나 벌매가 바람을 타고 뒷산에 들러 가기도 한다. 기러기나 민물가마우지들도 세모꼴의 대형을 유지하며 뒷산의 하늘을 가로지른다. 그 정도 새들과 꿩을 제외하면 뒷산에 터를 잡고 살아가는 새들 중엔 큰부리까마귀가 가장 크다. 보통 사람들은 까마귀라고 부르지만 실제 까마귀는 쉽게 보기 힘들고 우리가 흔히 보는 까마귀는 대부분 부리가 두툼한 큰부리까마귀다.

뒷산을 찾은 맹금류들에게는 까치와 더불어 큰부리까마귀가 가장 성가신 존재다. 뒷산을 지나치는 말똥가리에게 시비를 걸어 아웅다웅하고, 귀한 손님인 왕새매도 쫓는다. 다른 새들에겐 공포의 대상인 새매나 참매도 큰부리까마귀들이 서너 마리씩 모여들기 시작하면 얼른 꽁무니를 뺄 수밖에 없다. 맹금류들을 쫓을 땐 사이가 좋던 까치도 평소엔 서로 세를 과시해 가며 옥신각신하기 일쑤다.

"가악 가악" 요란한 소리에 고개를 들었더니 소나무에 앉은 큰부리까마귀가 마른 나뭇가지를 건드리고 있었다. 그러다 뭔가 뜻대로 안 돼 성질이 난 건지 멀쩡한 생가지를 억센 부리로 물어 부러뜨리는 장면을 본 적도 있다.

부리에서 발끝까지 어느 것 하나 다른 색이 없는 온통 시커먼 몸 색은 성격도 고집불통일 것 같다는 선입견을 갖게 하기에 충분해 보인다. 하지만 녀석을 오래 보다 보면 알게 된다. 가만히 앉아 햇빛을 받는 큰부리까마귀가 검은 깃 속에 아주 다양한 색을 품고 있다는 것을…. 그럴 때면 퍽 속 넓은 새처럼 보이기도 한다.

흰 머 리 오 목 눈 이
봄이 되어도 떠나지 않은 까닭

―――――

"트릿 트릿" 소리를 내며 분주히 날아다니는 오목눈이들이 보인다. 아직은 새 잎도 나지 않고 쌀쌀한 공기가 익숙한 이른 봄, 오목눈이들은 비교적 이른 시기에 번식을 시작한다. 짝을 정하면 깃털과 이끼를 거미줄로 이어 붙여 둥지를 만든다.

분주히 오가는 오목눈이들 사이에 눈에 띄는 녀석이 한 마리 보인다. 머리가 온통 하얀 흰머리오목눈이다. 인터넷에서 뱁새를 검색해도 오목눈이로 검색해도 엉뚱하게 흰머리오목눈이 이미지가 나오는 건 바로 녀석의 독보적으로 사랑스러운 외모 때문이다. 눈송이처럼 하얀 머리에 노란색 눈꺼풀이라니….

오목눈이는 텃새라 사계절 뒷산에 머물지만 흰머리오목눈이는 드물게 관찰되는 겨울 철새다. 겨우내 머물다가 봄에는 북쪽으로 떠났어야 하는데 어쩐 일인지 흰머리오목눈이 한 마리가 봄이 온 뒷산에 남았다. 그리고 오목눈이 한 마리와 부부가 되었다. 교미하는 장면을 보지 못했으니 흰머리오목눈이가 암컷인지 수컷인지는 알 수가 없다.

흰머리오목눈이 부부는 사람들이 많이 드나드는 체육공원 옆 철쭉 울타리에 둥지 자리를 정했다. 운동기구와 너무 가까운 곳이라 괜찮을까 염려가 됐지만 내가 흰머리오목눈이 부부의 선택에 관여할 방법은 없었다. 둘은 둥지를 완성하고도 어떤 이유 때문인지 번식을 포기했다. 보기 드문 경우라 잔뜩 기대했다가 실망했지만 애써 다 만든 둥지를 포기해야 했던 흰머리오목눈이 부부의 마음과 비교하랴.

철쭉 가지 속에 남긴 둥지를 갈무리하며 언젠가 뒷산에서 귀여운 새끼들을 우르르 데리고 다니는 흰머리오목눈이 부부를 만나는 기분 좋은 상상을 해 본다.

꾀꼬리

유리왕의 마음이 이랬을까

───────────

"키리쿄 키요~ 키릿 피용~."

꾀꼬리 소리가 들린다. 경쾌한 듯 애끓는 듯 듣는 이의 감정에 따라 다르게 들리는 노래가 계속 이어진다. 노란 꾀꼬리 한 마리가 숲에서 나와 반대편으로 날아가면 잠시 뒤 다른 한 마리가 쫓는다. 같은 나뭇가지에 잠시 앉는가 싶더니 금세 멀어진다. 지켜보는 내 옆으로 스치듯 날아갔다가 곧 키 큰 나무 속으로 사라진다. 사랑에 빠져 다른 존재는 안중에도 없나 보다. 진한 노란색 깃이라 쉽게 찾을 수 있을 것 같지만 햇빛을 받은 나뭇잎들 사이로 들어가면 어느새 스며들어 자취를 감추고 만다. 내지르는 소리도 나뭇잎들에 통통 튕겨 방향을 제대로 알 수 없다.

층층이 뻗은 나뭇가지에 가려 모습은 잘 보이지 않는데 소리는 계속 내 주위를 맴돌며 가까워졌다 멀어졌다를 반복한다. 아주 요란한데 애틋한 게 유난스럽기도 하다. 사랑하는 이를 잃은 유리왕이 저런 모습을 지켜봤으니 그 마음이 오죽했을까? 꾀꼬리를 향해 화살을 쏘는 대신 시가를 지은 유리왕이 대단해 보인다.

흰눈썹황금새
그 이름의 무게를 견뎌라

'황금새'라는 거창한 이름의 새가 있다. 그 새의 영명은 나르키소스 플라이캐처 Narcissus Flycatcher다. 나르키소스는 그리스신화에 등장하는 인물로, 출중한 외모 때문에 그 누구의 사랑도 거부하다가 물에 비친 자신과 사랑에 빠져 결국 죽음에 이른다. 자기애를 이르는 대표적인 단어인 나르시시즘narcissism의 어원이기도 하다.

새 이름으로 너무 과하다고 생각할 수도 있지만 황금새의 실제 모습을 보면 의외로 쉽게 납득하게 된다. 멱부터 배까지 이어지는 진한 노란색 깃을 더욱 돋보이게 만드는 까만 몸 색은 그만큼 강렬하고 매력적이다. 황금새도 나르키소스처럼 물에 비친 아름다운 자신과 사랑에 빠지지는 않았을까?

황금새는 봄철 이동 시기에 섬에서 주로 관찰되는데 아쉽게도 아직 뒷산에선 만나지 못했다. 대신 뒷산에선 봄마다 이름도 외모도 비슷한 흰눈썹황금새를 만날 수 있다. 크기도 생김도 비슷한 둘의 차이는 눈썹이 노란색이냐 흰색이냐 멱의 노란색이 진하냐 옅으냐 정도다. 황금새와 견주어도 결코 손색없는 멋진 외모를 가지고 있다.

뒷산에선 번식할 때 좀처럼 보이지 않다가 늦여름 열매가 익은 층층나무 아래서 기다리면 모습을 볼 수 있다. 흰눈썹황금새의 영명은 옐로우 럼프드 플라이캐처Yellow -rumped Flycatcher다.

노 랑 할 미 새

내가 머물 습지는 어디로 갔나요?

등산로 나무 계단에서 낯익은 새 한 마리가 긴 꼬리를 위아래로 까딱거리는 것을 봤다. 따사로운 봄 햇살을 머금은 개나리 꽃잎처럼 노란색 깃을 가진 노랑할미새였다. 노랑할미새는 산속 계곡이나 산림과 가까운 하천에서 번식하는 대표적인 여름 철새다. 촬촬 흐르는 계곡이 있는 산에서 만났다면 그다지 이상할 것도 없겠지만 물이 거의 없는 도심 속 뒷산에서 만나니 무척 낯설었다.

노랑할미새는 무언가 찾는 듯 등산로 계단을 서성이더니 이내 숲 어딘가로 사라졌다. 이동하다 지친 날개를 쉬러 잠깐 들른 것이려니, 대수롭지 않게 생각했다. 새들의 이동 시기에는 논 습지나 갯벌에서 살아가는 도요를 뒷산에서 만난 적도 있으니까.

노랑할미새를 만나고 한참 뒤, 뒷산 한쪽에 오랫동안 습지가 있었다는 것을 알게 되었다. 습지를 메워 그곳에 생태 공원을 만들었다고 한다. 그 이야기를 듣자마자 노랑할미새를 떠올렸다. 그날 노랑할미새는 부모의 부모로부터 물려받은 기억을 따라 뒷산에 있던 습지를 찾아온 건 아니었을까?

언젠가 노랑할미새를 뒷산에서 다시 만난다고 해도 사람들이 그 습지를 메워서 생태 공원을 만들었다는 얘기는 차마 하지 못할 것 같다.

콩 새

깃털로 기억되는 이름

등산로에서 깃털을 주웠다. 일정한 범위 안에 여러 개의 깃털이 흐트러져 있었다. 깃털의 주인을 잡은 것은 아마도 새매나 황조롱이 같은 맹금류였을 것이다. 흰눈썹황금새나 꾀꼬리의 깃털처럼 색은 분명하지 않았지만 특징 있는 모양이라 누구의 깃털인지 어렵지 않게 알 수 있었다.

깃털의 주인은 뒷산에서 겨울을 난 콩새였다. 콩새는 식물의 종자를 좋아하는데 뒷산에선 주로 단풍나무 열매를 먹었다. 뒷산에는 적지 않은 단풍나무가 있었지만 이른 가을부터 청설모가 열심히 먹어 댄 탓에 열매가 충분하지 않았다. 그나마 사람들이 자주 다니는 등산로 옆 단풍나무에만 열매가 조금 남아 있었다.

사람들이 지나갈 때마다 겁 많은 콩새는 편히 먹지 못하고 달아나기 바빴다. 그래서야 먹어서 생기는 것보다 날아가느라 써 버리는 에너지가 더 많을 것 같았다. 그래서였을까? 겨우내 머물던 새들이 떠나고 난 뒤에도 뒷산에 남아 있던 콩새 한 마리가 깃털로만 남은 것이었다. 며칠 전 등산로 옆에서 떨어진 단풍나무 씨앗을 열심히 먹고 있길래 이제 곧 떠나겠구나 생각했는데…. 안타까운 마음으로 깃털을 잘 갈무리해 작업실에 가져갔다.

특이한 깃털 모양 덕에 깃털의 주인을 찾을 수 있었고 살아 있을 때 모습을 기억할 수 있었다. 나중에 내 책과 그림을 보고 누군가는 나를 기억해 줄까? 기왕이면 조금 더 구분하기 쉬운 독특한 모양의 깃털을 남길 수 있으면 좋겠다.

멋 쟁 이 새
진부한 드라마 속 한 장면처럼

─────────

젊은 시절 잠깐 스치듯 만난 인연을 못 잊는 사람. 시간이 흘러 평범한 일상을 살다가 처음 만났던 장소에서 우연히 다시 만나게 되는데…. 진부한 드라마의 한 장면 같다. 나에게는 특별한 날 그런 진부한 장면을 그리며 찾아가는 곳이 있다.

2012년 12월 6일, 전날부터 갑자기 많은 눈이 내렸다. 눈이 쌓이면 새가 눈에 잘 띄기도 하고 하얀 눈이 반사판 역할을 해서 사진도 잘 나온다. 평소보다 뒷산을 찾는 등산객도 줄어 느긋하게 탐조를 즐겼다. 조금 가파른 산비탈을 내려가는데 낯선 새가 보였다. 분홍빛의 둥근 몸집, 까만 머리에 몽톡한 부리…. 얇은 진달래 줄기를 잡고 열매에서 씨앗을 빼먹는 새는 멋쟁이새였다. 뒷산에서는 첫 만남이었다.

눈이 내려 달라진 뒷산 풍경과 그 풍경 속에 어우러질 새들의 모습이 궁금했던 나는 일단 산을 한바퀴 돌아보기로 했다. 진달래 열매가 많으니 멋쟁이새가 금세 어디로 가지는 않을 것이라 생각했다. 거의 반나절 동안 소득 없이 돌다가 다시 멋쟁이새를 만났던 곳으로 가 보았다. 하지만 멋쟁이새는 보이지 않았다.

다음 날에도 그 다음 날에도 멋쟁이새를 다시 만나지 못했다. 눈이 내리면 큰 참나무 뒤에서 진달래 씨앗을 먹고 있는 멋쟁이새를 만날 수 있을 것 같아 여전히 뒷산을 찾는다. 기대와 실망은 더 애틋한 그리움으로 바뀌었다. 약속이 어긋난 첫사랑을 중년이 돼 우연히 만나는 드라마 속 한 장면처럼, 나도 눈 내린 뒷산에서 다시 멋쟁이새를 만나는 장면을 꿈꾼다.

좀 진부하면 어떤가, 삶이란 원래 그런 것인데….

딱새
침묵이 전해 주는 마음

가끔 새들 때문에 마음이 상할 때가 있다. 멀찌감치서 발견하고 조금 다가가려 하는데 꼭 저를 해칠 사람을 본 것처럼 급하게 달아나 버리는 경우다. 마땅히 그래야 하는 일인데 서운한 건 어쩔 수 없다. 억울한 마음에 '난 너희들을 해치지 않아~ 알잖아~' 하고 아무리 되뇌어 봤자 새들은 내 마음을 알아주기는커녕 더 멀리 가 버린다.

뒷산 등산로에서 만난 딱새가 그랬다. 꼬리를 파르르 떨며 "찡~ 찡~" 소리를 내던 녀석이 내가 반걸음쯤 다가서자 서너 걸음을 멀어졌다. 그런 일이 몇 번 반복되자 처음 만났을 때보다 거리가 두 배는 더 멀어졌다.

머리로는 당연히 딱새의 행동을 이해한다. 지금도 그들의 서식지를 파괴하고 불필요한 죽음에 이르게 하는 인간은 새들에게 피해야 할 천적일 뿐이다. 다른 천적을 피해 인간의 집에 둥지를 트는 딱새지만 그저 최선이라 생각해 선택한 것일 뿐 경계심이 없는 건 아닐 것이다. 새들의 언어로 말할 수 있다면 진심으로 미안한 마음을 전하고 싶다. 하지만 불행하게도 나는 그들의 언어를 모른다.

새들을 꽤 오래 만나면서 깨달은 가장 좋은 방법이 하나 있기는 하다. 아무런 행동 없이, 소리도 내지 않고 그곳에 가만히 멈추는 것이다. 새들이 나의 침묵을 그들에 대한 선의로 받아들일 때까지…. 아주 오래 그렇게 말을 건네면 드물게 내 말을 알아들은 새들이 경계를 풀고 가까이 다가와 자연스럽게 행동할 때가 있다. 그럴 때 내 마음이 침묵이란 말을 통해 전해진 것 같은 느낌을 받는다.

새 호 리 기
죽음을 대하는 자세

새호리기는 봄에 뒷산을 찾아오는 여름 철새이자 맹금류다. 뒷산에선 가장 늦게 번식을 시작하는 편이다. 늦여름 잠자리들이 몰려들기 전에는 주로 참새 같은 작은 새들을 잡아먹는다.

새호리기가 참새를 잡아먹는 장면을 본 적이 있다. 수컷이 잡은 참새를 암컷에게 선물했다. 아까시나무 가지에 앉은 암컷은 참새를 먹기 시작했다. 아래로 굽은 날카로운 새호리기의 부리가 참새의 몸을 훑을 때마다 참새의 체온을 담아내던 작은 솜털이 서너 개씩 뽑혀 공중으로 흩어졌다.

야생에서 살아가는 생명에게 사냥이란 놀이가 아니다. 사냥을 해서 먹이를 잡아야만 자신의 생명을 이어 갈 수 있다. 그래서 아무리 작은 먹잇감이라도 사냥하는 데 최선을 다할 수밖에 없다.

깃털을 어느 정도 뽑아낸 새호리기는 천천히 참새를 먹기 시작했다. 부리가 달린 머리, 살이 없어 버릴 줄 알았던 얇은 발까지 통째로 삼켰다. 최선을 다해 사냥하고 낭비 없이 온전히 다 먹는 과정은 마치 경건한 의식처럼 보였다. 에스키모들은 순록을 잡아먹을 때 순록의 가죽부터 피까지 어느 것 하나 허투루 낭비하지 않는다. 전통을 핑계 삼아 미식을 위해 잔인하게 벌이는 살육과는 차원이 다르다.

새호리기에게 잡아먹히는 작은 새의 죽음이 안타까울 수 있다. 상대적으로 약자에게 감정을 이입해서 생기는 측은지심은 그 자체로 소중하다. 하지만 정말 안타까워해야 하는 것은 사람에 의한 의미없는 죽음들이 아닐까? 한 해 우리나라에서만 유리창 구조물에 부딪혀 약 800만 마리 이상의 새들이 죽어 간다.

노 랑 지 빠 귀
새와 나 사이

소나무 가지에 앉아 이리저리 살피던 노랑지빠귀 한 마리가 관목이 우거진 곳으로 재빠르게 내려가 숨는다. 산수유 열매를 먹으려고 온 것 같은데 산수유 열매는 이미 다 떨어졌다. 떨어진 열매라도 찾아볼 셈인지 훌쩍 날아와 숲 바닥에 내려앉았다. 거리는 꽤 가깝지만 잔가지들에 몸이 많이 가려져 반짝 빛나는 눈이나 낙엽을 뒤적거리는 부리 정도만 보인다.

새 사진이 목적이면 저런 상황에서 새에게 그다지 큰 관심을 두지 않는다. 잔가지에 가려진 새는 초점을 맞추기도 어려울 뿐 아니라 사진을 찍어도 별 가치가 없다고 생각하기 때문이다. 그래서 어떤 이들은 새를 잘 찍을 욕심에 새 둥지를 가리는 가지들을 베어 버려 문제가 되기도 한다. 그렇게 찍힌 사진 속 새들은 선명하게 잘 찍힌 모습을 하고 있지만 눈빛은 한없이 불안해 보이곤 했다.

카메라를 가만히 내려놓고 쌍안경을 들어 초점을 맞춘다. 모습이 잘 드러나는 소나무 가지에 있을 때 불안해 보이던 노랑지빠귀의 눈빛이 잔가지들이 가려 주는 숲 바닥에 있을 땐 좀 더 안정돼 보인다. 그런 안정감이 지켜보는 내 마음까지 편안하게 만들어 주었다.

언제 어디에 있는지가 중요해

칡때까치는 크기는 작지만 날카로운 부리를 가진 맹금류다. 조금씩 다른 특징으로 구분해 때까치, 노랑때까치, 홍때까치, 넓은이마홍때까치, 칡때까치 이렇게 여러 가지 종류로 나뉜다. 곤충부터 쥐, 개구리, 도마뱀, 작은 새들까지 먹이로 잡아먹는다. 작고 귀여운 외모의 새가 자신과 비슷한 크기의 새까지 잡아먹는 것도 놀랍지만 사람들에게 더 관심을 끄는 건 녀석의 독특한 습성 때문이다.

때까치는 잡은 먹이를 얇은 나뭇가지나 가시에 걸치거나 꽂아 놓는다. 먹이를 저장하기 위해서, 또는 먹이를 찢어 먹기 위해서, 혹은 자신의 영역을 알리기 위해서… 등 다양한 설이 있다. 심지어 그냥 별 의미 없이 사냥감을 과시하기 위해서, 라고 해석하며 때까치를 '부처 버드(butcher bird, 도살자)'라는 섬뜩한 별명으로 부르기도 한다.

서해 연평도로 탐조를 갔다. 섬에는 노랑때까치와 칡때까치가 아주 많았다. 주위가 잘 보이는 곳에 앉아 꼬리를 빙빙 돌리고 있으니 겁먹은 작은 새들이 덤불 속에서 나올 생각을 하지 않았다. 섬 탐조 내내 칡때까치는 천덕꾸러기 취급을 받았다. 멀리서 쌍안경으로 보고 칡때까치면 "또 너냐!" 불평을 했다.

섬에서 돌아와 오랜만에 뒷산을 찾았다. 덤불 속에서 나타난 칡때까치를 만났다. 섬에선 그렇게 귀찮던 칡때까치가 뒷산에서 만나니 정말 반가웠다. 사진도 정성스럽게 찍어 주고 혹시나 먹이를 잡아 나뭇가지에 꽂아 놓지는 않을까 기대하며 눈에서 완전히 사라질 때까지 행동을 관찰했다.

같은 말, 같은 행동, 같은 사람도 시기와 장소에 따라 다르게 평가받는다. 나는 지금 적절한 시기에 적당한 장소에 있는 것일까?

울 새

요란한 노래로 불러 세울 땐 언제고

"쪼르르르르르 쪼르르르르르르르" 쉴새 없이 들리던 소리가 거짓말처럼 딱 그쳤다. 내가 녀석이 경계하는 레이다 망 안으로 들어섰음을 의미했다. 몇 걸음 물러나면 또다시 "쪼르르르르르 쪼르르르르르르르" 소리 좀 듣고 가라고 불러 세운다.

소리가 나던 어디쯤을 미동도 않고 가만히 바라보는 심정은 어릴 적 숨바꼭질 놀이를 할 때 술래의 심정이다. 저만치서 숨은 아이의 기척이 느껴지는데 확신 없이 섣부르게 다가갔다간 다른 곳에 숨었던 아이가 냉큼 달려와 잡혀 있던 아이들을 풀어 줄 것 같은 불안한 마음.

아무리 기다려도 다시 소리를 낼 것 같지 않다. 이미 덤불 속을 걸어 다른 곳으로 가 버렸을까? "쫏! 쫏!"거리며 노랑턱멧새가 무심하게 지나간다. 서운하다. 괴롭힐 생각도 없을 뿐더러 그저 노래 부르는 모습이 보고 싶어 몇 걸음 조용히 다가간 것뿐인데…. 가까이 날아온 청딱다구리가 "께께께께" 하고, 꾀꼬리도 머리 위로 날아와 위로의 말을 건네지만 서운함이 좀처럼 가시지 않는다.

울새 소리가 들리던 덤불 사이로 작은 새의 실루엣이 콩콩 뛰어가는 게 보인다. 그러고는 멈추더니 꼬리를 파르르 떤다. 그대로 밝은 곳으로 나와서 노래해 주면 속상한 마음이 눈 녹듯 사라질 것 같다.

솔 부 엉 이

낮엔 자야 해요

새를 보는 사람들 중에 새 이름을 가지고 있는 경우가 있다. 보통은 새를 보는 사람들 끼리 그 사람과 닮은 새 이름을 붙여 주는데 나는 얼떨결에 내 스스로 이름을 지었다. '뒷산의 새 이야기'라는 제목으로 어린이 생태 잡지《개똥이네 놀이터》에 연재하려고 할 때 출판사에서 별명을 하나 정해 달라고 했다. 마침 그때 뒷산에서 솔부엉이를 처음 만났을 때라 별 생각 없이 '솔부엉이 아저씨'라고 정했다. 그 잡지에 햇수로 3년 정도 연재를 하고 나니 꽤 많은 사람들이 나를 '솔부엉이 아저씨'라고 알게 됐다. 그렇게 불려서인지 외모도 점점 솔부엉이를 닮아 가고 있다.

솔부엉이는 여름 철새인데 보통은 오래된 나무의 구멍에 둥지를 만든다. 하지만 오래된 나무가 없는 뒷산에선 까치가 쓰고 난 둥지에서 번식을 한다. 소쩍새와 더불어 대표적인 야행성 조류라 저녁 늦게까지 작업을 할 때면 둘이 번갈아 "우우 우우", "소쩍다 소쩍다" 하며 적적함을 달래 주기도 한다. 그렇게 밤새 먹이 활동을 하니 낮에는 안전한 나무 안쪽의 줄기에 앉아 잠을 자는 게 당연하다.

곤히 잠든 솔부엉이를 발견하고 영상을 찍고 있는데 숲 저쪽에서부터 '짝', '짝', '짝' 하는 소리가 점점 커지며 가까워진다. 잠시 후 등산객 한 명이 손뼉을 치며 걸어온다. 그 소리에 잠을 깬 솔부엉이는 눈을 크게 뜨고 주변을 살핀다. 예전엔 산에 올라 "야~~호~~" 하고 소리치는 게 당연한 것처럼 여겨졌다. 하지만 언제부터인지 다들 산에서 크게 고함치는 것을 하지 않게 되었다. 숲이 사람뿐 아니라 다양한 생명들이 함께 살아가는 공동의 공간이라는 인식이 자리 잡게 되었기 때문일 것이다.

몸을 부르르 떨며 못마땅한 표정을 짓던 솔부엉이가 다시 눈을 감고 잠을 청한다.

노랑턱멧새
노래를 연습하는 새

보통 새가 내는 소리를 새 울음소리라고 표현한다. 안 그래도 사람들이 새들에게 주는 피해가 많은데 소리까지 '운다'고 하니 왠지 내가 울린 것 같아 마음이 안 좋다. 그래서 난 주로 그냥 새소리라고 표현한다. 학술적으로는 새들이 내는 소리 중 봄에 주로 부르는 가락이 있는 노래 같은 소리를 송song, 그 밖에 다른 소리를 콜call이라고 구분해서 부른다. 천적이 나타난 것을 알리는 경계음을 알람 콜alarm call, 새끼들이 배고프다고 어미를 부르는 소리를 베깅 콜begging call이라고 부르는 식이다.

노랑턱멧새의 콜call은 매우 단순하다. 못마땅한 듯 "쯧 쯧 쯧" 하고 혀를 차는 소리를 내면 아마 크게 다르지 않을 것이다. 한겨울 숲에서 뜬금없이 아름다운 노랫소리가 들리기도 한다. 바로 봄을 위해 연습하는 노랑턱멧새의 노랫소리다.

봄이 되면 수컷들은 암컷들에게 구애하기 위해 아름다운 가락이 있는 노래를 부르는데 그 소리가 크고 레퍼토리가 다양할수록 암컷에게 선택받을 확률이 높다고 한다. 봄이 되면 노래 연습을 하는 저 노랑턱멧새보다 훨씬 더 크고 멋진 노래를 부르는 수컷이 있을지도 모르겠다. 하지만 저렇게 겨우내 연습하는 성실함에 일찍 마음을 빼앗긴 암컷도 분명히 있을 것 같다. 노래 연습을 하는 노랑턱멧새 수컷도 그걸 알고 있는 게 아닐까?

뱁새

기분 좋은 재잘거림

가끔 작업실이 아닌 집에서 그림을 그릴 때가 있다. 아내 대신 아이들을 봐야 할 때 급히 해야 할 일이 있다면 일거리를 가져가 집 거실 책상에서 그림을 그린다. 내가 그림을 그리는 동안 유치원생인 둘째와 놀아 주는 건 초등학교 6학년인 딸아이의 몫이다. 여섯 살 차이인 남매는 언뜻 보면 두세 살 차이 정도로밖에 안 보인다. 첫째는 또래보다 키나 몸집이 작고 둘째는 또래보다 큰 편이기 때문이다.

정신없이 그림을 그리다 한숨 돌릴 때 비로소 아이들의 재잘거림이 귀에 들어온다. 첫째가 이런저런 얘기를 조잘거린다. 책을 읽어 주거나 지어낸 이야기를 들려줄 때도 각각의 캐릭터에 생명을 불어넣은 대사가 일품이다. 동생을 살짝 놀렸다가 동생이 힝~ 하고 토라지려 하면 또 우쭈쭈 달래 주는 게 아주 수준급 베이비시터다. 마치 숲속 덤불 안쪽에서 들려오는 뱁새들의 재잘거림처럼 듣기 좋다.

첫째가 사춘기가 오고 둘째가 자라 누나를 이기려 들면 저 듣기 좋던 소리가 요란한 직박구리의 소리로 바뀌는 게 아닐지 벌써 걱정이 된다.

2부

———

새를 그리다가

가만히 멈춰 보기

뒷산에서 새를 관찰한 지 올해로 11년째다. 도심 속 작은 산을 십 년 넘게 살폈으니 구석구석 모르는 곳이 없을 것 같지만 전혀 그렇지 않다. 작은 산은 찾는 사람들에 의해, 관리하는 관공서의 이런저런 공사에 의해, 또 스스로의 필요에 의해 끊임없이 변화한다. 어느 해 새가 많이 관찰되었던 장소에 다음 해 기대를 갖고 갔다가 허탕 친 경험이 많다. 내가 새를 관찰해서 올리는 소셜네트워크의 글을 보고 뒷산에 와 보고 싶다는 사람에게 선뜻 그러라고 하지 못하는 이유도 그 때문이다.

어떤 날은 이 산에 이렇게 새가 없었나 싶게 한참 동안 아무 소리도, 모습도 보여 주지 않아 당황스러울 때도 있다. 그럴 때 가장 좋은 방법은 애써 뭔가를 찾으려 하기보다는 모든 것을 가만히 멈추는 것이다. 소리도 내지 않고 행동은 물론 생각까지 다 멈추고 가만히 있다 보면 자연은 곧 무언가 실마리를 내게 건네준다. 그것은 작은 소리일 수도, 미세한 움직임일 수도 있다. 그 실마리를 잡고 천천히 따라가기 시작하면 또 다른 생명들이 소리나 모습을 보여 주며 나를 숲 여기저기로 이끈다. 그렇게 자연이 이끄는 대로 따라가다 보면 어느새 숲이 들려준 재미난 이야기들이 차곡차곡 쌓이게 된다.

어딘가에서 무언가를 관찰하고 싶다면 5분만 가만히 멈춰 보라고 권해 주고 싶다.

임계 거리

새들의 상태나 감정을 대략 짐작할 수 있는 방법이 있다. 전문적인 지식이나 오랜 경험이 아니라 그저 약간의 조심성과 상대를 배려하는 마음만 있으면 가능하다. 새들은 대부분 생물학적으로 사람보다 훨씬 더 뛰어난 시각 능력을 가지고 있다. 그래서 일반적인 상황이라면 새들이 자신에게 다가오는 사람을 먼저 발견한다.

그러면 왜 새들은 사람을 보자마자 도망가지 않을까? 여러 가지 다양한 이유가 있을 수 있겠지만 내 생각에 그건 효율성의 문제다. 새들이 날기 위해선 꽤 많은 에너지가 필요하다. 멀리서 사람이 나타날 때마다 날아오른다면 소모되는 에너지를 감당하지 못해 탈진하고 말 것이다. 그러니 저만치 나타난 사람이 자신에게 얼마나 위협적인 존재인지 판단하는 건 새들에게 중요한 문제다. 여차하면 날아갈 준비를 하지만 굳이 자신에게 해를 끼치지 않을 것 같은 사람이라고 판단되면 그냥 먹이 활동을 하는 것이 훨씬 이익인 것이다. 갯벌에서 조개를 캐는 어부나 무논에서 일하는 농부 옆에서 태연하게 먹이를 찾는 새를 볼 수 있는 것도 그런 이유 때문이다. 새들이 위협을 느낄 때 달아날 수 있도록 확보한 거리를 '임계 거리'라고 한다.

임계 거리는 새들마다 다른데, 보통은 크기가 클수록 임계 거리가 멀다. 먹이를 먹거나 쉬던 새들이 고개를 바짝 들고 경계한다면 그게 바로 임계 거리를 알리는 경고다. 그 경고를 무시하고 더 다가가면 새들은 거의 대부분 달아난다.

사람들 사이에도 임계 거리가 있다. 새들에게나 사람들에게나 임계 거리는 지키는 게 서로에게 이득이다. 사회적 관계에서도 대상에 따라 임계 거리가 다르다. 특히나 아내와의 임계 거리를 아는 것은 생존에 있어 필수요소다.

나만의 기준

돌발적인 상황에 여유 있게 대처할 만큼의 침착함과 순발력이 부족하다면 상황에 따른 나만의 기준을 만들어 놓는 게 좋다. 그런 기준이 없으면 경직된 원칙주의자나 지나치게 감정적인 사람 취급을 받을 수 있다. 뒷산에서도 기준이 필요한 다양한 상황을 만난다. 그래서 나름대로 정한 나만의 기준이 있다.

가을이 되면 참나무가 많은 뒷산에는 도토리가 많이 달린다. 구청에선 현수막까지 내걸며 야생동물들을 위해 도토리를 가져가지 말아 달라고 부탁하지만 그래도 여전히 많은 사람들이 도토리를 주워 간다. 도토리를 가져가는 것에 대한 내 기준은 이렇다. 산책을 하다 눈에 들어온 예쁜 도토리 한두 알 주머니에 넣고 만지작거리며 돌아가서 아이에게 선물하는 건 괜찮다. 하지만 일부러 배낭이나 비닐봉지를 챙겨 와 등산로를 벗어난 숲 안쪽까지 들어가서 낙엽을 들춰 한 보따리 줍는 건 하지 말았으면 한다.

우연히 걸려 온 전화를 받을 때 잘 들리지 않거나 반가움에 살짝 목소리가 올라가서 옆 사람에게 들리는 정도는 괜찮다. 하지만 조용한 산길에서 굳이 스피커폰으로 통화를 하거나 새가 놀라 달아날 정도로 크게 통화하는 건 곤란하다. 온갖 아름다운 새소리가 들려오는 산에서 이어폰을 끼고 걷는 사람을 보는 건 개인적으로 매우 안타까운 일이지만 굳이 노래를 듣고 싶다면 이어폰을 꼭 사용해 듣는 게 기본이다. 숲에서 들리는 모든 소리를 다 삼켜 버리고 마는 심한 소음은 한여름 느긋한 산행을 방해하는 모기보다 백 배 넘는 스트레스를 준다. 새소리 가득한 봄 산에선 특히.

인적이 드문 산길에서 애완견의 목줄을 풀고 가다가 사람이 보이면 바로 애완견을 불러 다시 목줄을 채우는 건 이해한다. 하지만 사람이 있거나 없거나 상관없이 당당하게 목줄을 풀고 가는 건 눈살을 찌푸리게 만든다.

산에서 과자를 먹거나 가져온 귤을 까먹다가 개미가 보이거나 새가 먹을 것 같아 한 조각 떼어서 구석에 놔두는 건 괜찮다. 하지만 다 먹은 귤껍질을 그냥 버리거나 먹고 난 과자봉지를 꾸깃꾸깃 접어 나무 틈에 끼우는 건 안 된다.

이렇게 나만의 기준으로 안 된다고 정해 놓은 일을 하는 사람들을 비교적 자주 만난다. 그런데 이런 사람들을 만났을 때 또 한 가지 정해 놓은 기준이 있다. 나보다 약해 보이는 사람들에게만 뭐라고 하고 나보다 강해 보이는 사람들은 못 본 척하면 안 된다는 것이다. 그런데 아무래도 나보다 힘이 세 보이는 사람들에게 뭐라고 할 용기가 쉽게 나지 않는다. 시비가 붙어 내가 소란의 주체가 되는 상황도 끔찍하다. 그래서 결국 나만의 기준은 아무에게도 적용하지 못하고 나에게만 적용하고 만다.

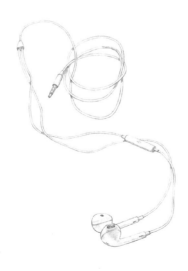

늘상 있는 일

"쭈삣 쮸삑 쪼로로로로 쮸삑 쮸삣 찌르르르르르" 아름다운 새소리가 들린다. 못 들어
본 낯선 소리다.

'박새과 새들 중 하나겠지.'

새소리를 전문적으로 연구하는 연구자에게서 박새가 무려 17개의 다른 소리를 낸다
는 말을 들었다. 실제로 처음 듣는 소리에 이끌려 갔다가 소리의 주인공이 박새인 걸
확인하고 실망했던 적도 여러 번이다.

소리를 내는 새와 점점 멀어진다. 거리는 분명 멀어지는데 새소리는 더 크고 현란해
진다. '안 속는다.' 하면서 계속 걸어가는데 소리가 점점 다가오는 느낌이다. '나를 따
라오나?' 가만히 멈춰서 기다려 보니 소리가 또 멀어진다. 결국 궁금함을 못 이기고
지나쳤던 길을 되돌아 소리를 쫓아간다. 조금씩 조금씩 소리와 가까워진다. 그러다
갑자기 뚝! 소리가 끊긴다. 그러더니 작은 실루엣이 훅 날아 먼 숲의 어둠 속으로 사
라진다.

'어차피 이럴 거면서 왜 잘 가던 사람 애써 불러 세우냐!'

속으로 소리쳤다. 숲속에서 얄미운 대꾸가 들린다.

'늘상 있는 일이구만 새삼스럽게 왜 그래?'

툭! 도토리 죽비를 맞다

늦은 오후 주섬주섬 장비를 챙겨 작업실을 나선다. 장비만 챙긴 줄 알았는데 뒤숭숭한 마음도 함께 딸려왔나 보다. 해야 할 일과 하고 싶은 일들이 머릿속에서 엉켜 새소리도 안 들리고 모습도 잘 보이지 않는다. 내 피를 노리는 얼룩무늬 숲모기만 귓가에 윙윙거리며 신경을 돋운다.

연중행사인 섬 탐조를 다녀오고 잡지에 연재할 그림 그린다고 얼마간 소홀했더니 뒷산은 여름을 넘어 가을로 접어들고 있다. 가끔 미국선녀벌레를 쫓아 나뭇잎 사이를 오가는 솔새들만 잠깐 모습을 드러냈다가 사라진다. 높은 나무 위로 사라진 솔새를 쫓다가 나뭇잎 사이로 뚫린 하늘을 바라본다. 조각구름이 푸른 바다를 미끄러지는 배처럼 둥실 떠 간다. 나뭇잎 사이로 비치는 가을 저녁 빛에 한참 시선을 뺏긴다.

툭! 발 옆으로 세게 떨어지는 도토리 소리에 정신이 번쩍 든다. 어차피 대단한 계획 세우고 꼭 실천하며 살아온 것도 아닌데, 정신 차리고 지금에 집중하자.

새를 그리는 방법

어린이 생태 잡지에 '새 그림을 그려 봅시다'란 꼭지를 연재했다. 새를 사실적으로 그려 보고 싶은 사람들을 위한 것이었다. 새를 닮게 그리는 방법을 알려 주며 내가 강조하는 것이 있다. 대상이 가진 윤곽선에만 신경 쓰지 말고 그 윤곽선이 만들어 내는 외부의 모양을 유심히 관찰할 것.

예를 들어 나뭇가지를 붙잡고 있는 새를 그린다고 상상해 보자. 새의 형태에만 몰입해서 그리면 특정 부위가 길어진다거나 짧아지는 경우가 많다. 그럴 때 새의 머리와 등과 꼬리, 새의 부리와 가슴과 배와 다리, 새의 배와 양 발과 앉아 있는 나뭇가지가 만들어 내는 도형의 모양을 찾아보자. 그렇게 새의 바깥쪽 여백이 만들어 내는 도형의 꼭짓점을 눈여겨보면 오히려 정확한 새의 형태를 찾을 수 있다.

내 삶은 어떤 궤적을 그리고 있을까? 내 행동으로 인해 어떤 모양의 도형이 그려지고 있는지 여백으로 눈을 돌려 보자. 내가 지금 그리고 있는 선의 도착지점이 어디쯤일지 한번 가늠해 볼 필요도 있다.

깃털의 색

새들은 다양한 색의 깃털을 가지고 있고 그 색은 우리가 새를 구분하는 데 중요한 구분점이 된다. 사람들이 색을 보는 원리는 가시광선 중에 물체가 반사해 낸 색을 눈으로 인지하는 것이다. 다시 말해서 어떤 새가 노란색 깃털을 가지고 있다면 그 새는 노란색을 흡수하지 않고 거부한 것이 된다. 자신이 받아들이지 않고 거부한 색이 자신을 다른 대상과 구분하는 정체성이 되는 아이러니한 상황이라니….

가끔 내가 전혀 갖고 있지 않은 성향의 사람으로 분류되는 경우가 있다. 그것도 잘 모르는 사람이 아니라 나를 잘 안다고 생각하는 사람에 의해…. 성격도 색처럼 내가 거부하는 것이 내 성격으로 드러나는 것일까?

새와 열매

새들이 열매를 먹는 장면을 관찰하다 흥미로운 점을 몇 가지 발견했다.

무리 지어 다니며 나무 열매나 씨앗을 먹는 물까치나 검은머리방울새들을 보면 한 나무에서 잠깐씩 머물며 먹이를 먹고 다른 나무로 이동한다는 것이다. 물론 한 나무에서도 빛의 양에 따라 열매가 익는 정도가 다르기는 하다. 하지만 자세히 보면 익은 열매가 많이 남아 있는데도 다 먹지 않고 옆 나무로 옮겨 간다. 이동은 그만큼 에너지를 소비하는 것이니 한 나무에 오래 머물면 더 효율적인 게 아닐까?

하지만 달리 생각하면 한 장소에 오래 머문다는 것은 매우 위험할 수 있다. 한 그루씩 차례로 먹어 갔을 때 나중엔 한 나무에만 열매가 있게 되니 그 나무는 식탁이 아니라 덫이 될 수도 있을 것이다. 천적이 그 나무 주변에 숨어 있으면 될 테니 말이다.

또 하나 인상적인 것은 맛있는 한 종류의 나무로 모든 새들이 다 몰려드는 게 아니라 각자 주로 먹는 열매가 다르다는 것이다. 예를 들어 열매에 독성이 있는 것으로 알려진 미국자리공 열매는 멧비둘기들이 가장 좋아해 '피전 베리pigeon berry'라고 불리기도 한다. 딱새나 물까치나 직박구리들도 먹긴 하지만 가장 좋아하는 건 역시 멧비둘기다. 곤줄박이는 때죽나무 열매를 좋아하는데 단단한 껍질에 독성이 있어서인지 다른 새들이 먹는 장면은 아직까지 보지 못했다. 집과 가까운 산에는 쪽동백 군락지가 있는데 때죽나무 열매와 비슷하게 생긴 쪽동백 열매도 주로 곤줄박이 차지다. 그렇게 다른 새들이 잘 먹지 않는 열매들을 먹으면 그만큼 경쟁을 피할 수 있으니 생존에 유리할 것이다.

유행하는 업종에 경쟁자들이 몰려 모두 손해를 보게 됐다는 뉴스를 접하고 쓸쓸해했던 기억이 난다. 가장 좋은 것을 찾아 모두 몰려가 치열하게 경쟁하고 승자만 독차지

하는 게 아니라 빈 곳을 찾아 그 틈을 메우며 살아가는 자연 속 존재들. 새들이 열매
를 찾아 먹는 모습에서 배우게 되는 삶의 지혜다.

때죽나무 열매

쌍안경으로 새를 찾는 방법

새를 관찰하기 위해서 쌍안경은 필수적인 장비다. 겁이 많은 새들에게 지나치게 다가가지 않아도 충분히 관찰할 수 있게 해 주는 도구이기 때문이다.

난 부피가 작고 무게도 가벼워 휴대하기 좋은 8×20 사이즈의 쌍안경을 주로 가지고 다닌다. 천천히 걷다가 멀리서 움직임이 느껴지면 쌍안경을 들어 새를 찾는다. 움직임이 보인 곳을 향해 쌍안경을 맞추고 초점을 조절하며 찾아봐도 새가 보이지 않으면 접안렌즈에서 눈을 떼고 맨눈으로 대략적인 위치를 다시 확인해야 한다. 이때 새가 있는 곳 주변에서 눈에 쉽게 들어오는 사물을 눈여겨봐 두는 게 좋다. 다시 쌍안경을 들고 좁은 시야를 통해 새를 찾을 때 먼저 봐 둔 사물에서 시작하면 비교적 찾기 쉽다. 새가 쌍안경의 시야 안으로 온전히 들어올 때까지 쌍안경을 눈에서 뗐다 붙였다 하는 과정이 여러 번 반복된다.

경험이 적은 사람들은 쌍안경을 통해서만 새를 찾으려다 결국 새가 날아가 버릴 때까지 찾지 못하는 경우도 있다. 경험이 쌓이면 언제쯤 눈에서 쌍안경을 떼야 할지 알게 된다.

레어와 커먼

우리나라 탐조인들이 가장 많이 보는 『한국의 새』라는 그림 도감이 있다. 그 도감에는 새들을 레어(rare, 희귀함), 스케어(scare, 적음), 언커먼(uncommon, 흔하지 않음), 커먼(common, 흔함) 이렇게 구분해 놓았다.

처음 새를 보기 시작했을 때 그런 구분은 내게 아주 중요했다. 내가 본 새가 어디에 속하는지 꼭 따져 보고 그중에 '레어'가 있다면 좋아하고 '커먼'에 속하면 살짝 실망하곤 했다. 자연스럽게 그 기준으로 새의 등급이 나누어졌다. 생김새가 아름답고 별로 본 적이 없는 새도 도감에서 '커먼'으로 표시돼 있으면 갑자기 평범하게 느껴졌다. '레어'로 표시된 새들을 따로 기억해 놓으려 애쓰기도 했다.

그런데 한 해 두 해 새들을 관찰하다 보니 정작 도감에 '레어'로 표시된 새 중에 자주 쉽게 만나게 되는 새가 있었던 반면 '커먼'으로 표시돼 있는데 좀처럼 보기 힘든 새들도 있었다. 그제야 그렇게 나눈 기준이 뭘까 궁금해 알아보니 딱히 학술적으로 매우 중요한 것도 아니었다. 그 뒤로는 레어, 스케어, 커먼을 굳이 구분하지 않았다. 그런 기준에서 벗어나니 새들이 달리 보였다. 각자 나름의 방식으로 최선을 다해 살아가고 있는 새들의 모습이 모두 소중하게 다가왔다. 천연기념물, 멸종위기종… 생물의 이름 뒤에 붙는 여러 가지 기준이 있다. 필요에 의해 정한 것이겠지만 그것이 생물을 대하는 태도를 결정하는 기준은 아니었으면 좋겠다.

사진과 세밀화

"사진이 있는데 왜 굳이 힘들게 그림을 그리죠?"

"사진과 세밀화의 가장 큰 차이는 뭘까요?"

종종 받는 질문이다. 처음 세밀화를 그릴 때부터 계속 스스로에게 해 온 질문이기도 하다. 요즘 이런 질문을 받으면 나는 이렇게 대답했다.

"사진은 사진을 찍는 사람이 그 대상에 대해 잘 몰라도 찍을 수 있지만 세밀화는 그리는 사람이 그 대상에 대해 잘 모르면 정확하게 그릴 수 없다는 게 가장 큰 차이 아닐까요?"

예를 들어 좋은 촬영 장비를 가지고 전문가와 함께 새를 촬영하게 됐다고 가정해 보자. 전문가가 "저 새가 어떤 새니까 찍으세요." 말해 주면 그 새를 전혀 모르는 사람도 그 새를 정확하게 찍을 수 있다. 물론 촬영된 사진이 좋은 사진인가 아닌가 하는 것은 별개의 문제다. 좋은 사진을 찍기 위해선 피사체에 대한 이해와 장비를 다루는 숙련된 기술과 예술적 감수성이 반드시 필요하다. 사진이란 예술을 그림보다 아래의 지위에 놓을 의도는 전혀 없다. 단지 촬영한 그 대상이 정확하게 담기는가 하는 매우 단순한 문제에 관한 이야기다. 그 새를 모르는 사람에게 새를 보여 주거나 사진을 몇 컷 주고 그려 달라고 했을 때 그 새를 정확하게 그릴 수 있는 사람은 드물다. 대상을 아는 만큼 정확하게 그릴 수 있는 것, 그게 바로 사진과 세밀화의 가장 큰 차이가 아닐까? 대상을 이해하기 위해 '왜 그렇게 보이는가?'라는 질문에 답을 해 나가는 과정이 '세밀화'라는 그림이라고 생각한다.

가끔 내 그림을 보고 "와! 정말 사진 같아요!"라고 말하는 분들이 있다. 물론 그 말이 호의가 담긴 칭찬의 표현이라는 것을 잘 안다. 하지만 내 그림이 사진 같아 보이길 원한 적은 별로 없다. 사진 같아 보이길 원했다면 더 적합한 다른 기법을 택했을 것이다. '거 칭찬을 해줘도 탈이구만…. 역시 그림쟁이들은 까다로워! 앞으론 칭찬도 하지 말아야겠어!' 하고 화를 내실 분들이 계실까 봐 걱정이 되기도 한다. 그래도 자신의 맘에 들게 잘 그린 세밀화를 보고 칭찬해 주고 싶다면 이렇게 말하면 어떨까?

"와! 제가 본 ○○과 정말 닮았어요! 정말 생생한 느낌이 드네요!"

"○○의 특징이 잘 표현된 것 같아요. ○○을 이해하는 데 도움이 되겠어요."

실제와 사진과 그림

《새들의 밥상》이란 책을 만들며 큰부리까마귀를 그린 적이 있다. 촬영할 때 분명히 큰부리까마귀라는 걸 알았고 사진 자료를 보며 당연히 큰부리까마귀의 특징인 두꺼운 부리를 신경 써서 그렸다. 책이 나올 때가 되어 교정 작업이 한창일 때 편집자에게 연락이 왔다. 새에 관한 설명을 붙이던 중인데 아무래도 도감에 나온 특징과 그림이 다르게 보인다는 것이다. 도감엔 까마귀와 큰부리까마귀를 구분 짓는 특징 중 부리와 머리의 각도가 중요하게 언급돼 있다. 그런데 도감의 설명과 달리 내가 그린 그림에는 부리와 머리의 각도가 밋밋했다. 혹시나 싶어 자료 사진을 살펴봤지만 큰부리까마귀가 맞았고 사진 속 모습과 똑같이 그렸다. 책의 감수를 맡아 준 조류 전문가에게 연락을 했다.

"문제가 없을까요?"

그 전문가는 부리와 머리의 각도도 특징이긴 하지만 연령이나 상황에 따라 달라질 수 있는 부분이고 오히려 부리의 두께가 더 중요한 특징이라서 내가 그린 그림은 분명히 큰부리까마귀라고 말해 주었다. 일단 안심을 하고 편집자에게도 그대로 설명을 해 줬다. 그런데 며칠 뒤 그 전문가에게서 연락이 왔다. 우연히 다른 조류 전문가들을 만났을 때 생각이 나서 내 그림에 대해 물어봤더니 그분들은 그림이 잘못 그려진 것 같다고 말했다는 것이다. 결국 난 컴퓨터에서 큰부리까마귀의 머리 각도를 억지로 수정하고 말았다. 전문가들이 그렇게 볼 정도라면 군이 일반 독자에게 혼란을 줄 필요는 없다는 생각이었다.

만약 내가 낸 책이 사진 도감이었다면 어땠을까? 그 사진을 보고 다른 까마귀로 보는 사람들은 아마 없었을 것이다. 보통 사람들은 사진은 실제를 똑같이 반영한다고 생각한다. 그래서 대략 그 범주 안에 들어오면 전체를 다 사실로 받아들인다. 하지만 그림은 다르다. 부분적으로 다 오류가 있을 수 있다고 생각하기 때문에 자신이 가진 자료를 그대로 그리는 것으로 충분하지 않은 경우가 종종 있다. 실제 사진 자료와 달리 도감에서 언급한 보편적 특성을 넣어 그림을 고친 것도 어찌 보면 실제와 관념 사이에서 관념을 선택한 것일 수 있다.

예전에 인상 깊게 읽었던 동화가 생각난다. 어떤 마을 축제에서 동물 소리를 흉내 내는 경연이 있었다. 참가자 중 한 사람이 기괴한 돼지 소리를 내서 관객들에게 놀림을 받았는데 알고 보니 그 소리는 그 사람이 품속에 숨겨 온 실제 돼지가 낸 소리였다는 것이다.

다수가 생각하는 관념과 실제 사이에 간극이 존재할 때 그것을 어떻게 메워야 할지 난 오늘도 고민에 빠진다.

내가 채워야 할 빈자리

생태와 관련된 일을 하면서 만난 많은 생태학자나 자연 관찰자들의 경우 유년 시절에 자연과 관련된 매우 인상 깊은 경험을 갖고 있는 경우가 많다. 나무를 타고 올라가 새 둥지에서 새끼를 꺼내 키웠다거나 다친 동물을 치료하고 돌봐 줬다거나 하는…. 그래서 자연스럽게 자연에 대한 관심을 갖게 되었고 성장하면서 관련된 전공을 택하거나 관련 분야에서 일하게 되었다고 한다. 솔직히 부럽다.

어릴 적 여름방학 한 달 겨울방학 한 달을 꼬박 경북 김천에서 과수원을 하시는 할머니댁에서 보냈다. 도시 아이들은 하기 힘든 수박 서리도 해 봤고 도랑에서 멱도 감고 물고기도 잡아 봤다. 초등학교 들어갈 때까지 살던 집도 둘레에 논이 있는 변두리에 있었다. 미꾸라지를 잡고 강아지풀로 개구리 낚시를 하기도 했다. 그런데 이상하리만치 새와 관련된 경험은 하나도 없었다. 그런 경험들이 있었다면 나도 좀 더 일찍 자연에 관심을 갖게 되지 않았을까 하는 아쉬움이 생긴다.

나이 들어 자연과 새라는 존재를 알게 되고 그들을 소개하는 책을 만들게 되었다. 요즘엔 대중들을 상대로 강연까지 하고 있다. 가끔 내가 이런 일을 하는 게 맞나 하는 생각이 들 때가 있다. 최근엔 숲 해설가나 탐조가를 양성하는 프로그램에 강연자로 초대되는 경우도 있는데 각 분야의 전문가들 사이에 끼어 있을 때 더욱 그렇다. 그럴 때 초대해 주신 분들의 한결같은 이야기는 새를 보는 방식도 다양해야 하고 내가 가진 태도가 그런 부분에 적합하다는 것이었다.

그럴 때 용기를 주는 건 글쓰기 책으로 유명한 강원국 작가가 한 이야기다. 강원국 작가는 '유시민 작가 같은 사람의 글쓰기 책은 볼 필요가 없다. 왜냐하면 유시민 작가처럼 원래 글을 잘 쓰는 사람은 글을 못 쓰는 우리 같은 사람을 이해하지 못하기 때문'

이라는 취지의 이야기를 해 준 적이 있다.

농반진반으로 한 얘기겠지만 공감 가는 부분이 있다. 유명한 축구 감독 중 선수 시절 그다지 두각을 나타내지 못한 경우가 많은 것도 마찬가지 이유일 수 있다.

아직 자연에 무관심한 사람들, 뒤늦게 자연에 관심을 갖게 됐지만 어떻게 자연을 만나야 할지 잘 모르는 사람들에게 비슷한 경험을 한 사람으로서 방법을 알려 주는 일은 분명 가치가 있다. 자연에서 배운 가장 큰 미덕이 다양성이니만큼 나 같은 사람 한둘 있어도 괜찮을 것 같다. 산의 정상에서 바라보는 경치만 좋은 건 아니니까. 중간쯤 산길에서 정상을 바라보거나 낮은 계곡물에 발 담그고 나무 사이로 보는 풍경도 멋질 수 있으니까 말이다.

조성성과 만성성

첫째 아이는 예정일보다 2주일이나 늦게 세상에 나왔다. 분만 장면을 본 남편들이 충격을 받았다는 얘기를 듣고 걱정했다. 분만실에서 가지런한 머리에 세수한 듯 깨끗한 얼굴을 하고 눈을 두리번거리며 세상에 나오던 첫째 모습이 아직도 기억에 생생하다.

잘 자라고 있다고 생각했던 아이가 처음 걱정스러워진 건 돌 즈음이었다. 자기 돌잔치에 오신 손님들께 걸어 다니며 돌떡을 돌렸다는 또래 아이들 이야기를 심심찮게 들었다. 그런데 어쩐 일인지 녀석은 돌을 훌쩍 넘어 15개월이 다 되도록 제대로 걷지를 못했다. 혹시 무슨 문제가 있는건 아닐까?

"괜찮아. 때 되면 다 알아서 걸어." 대수롭지 않게 여기던 친지들도 조금씩 "병원에 한번 가 봐야 하는 거 아냐?" 걱정 어린 조언을 하는 지경에 이르렀다. 애써 태연하려 애쓰던 아빠의 인내심이 한계치에 다다랐을 때 녀석은 겨우 스스로 일어나 걸었다. 어정쩡하고 불안한 걸음걸이였지만 얼마나 대견했는지 모른다.

새들은 둥근 알껍데기에 싸여 어미의 몸 밖으로 나온다. 어미가 품어 주면 대략 2주 정도가 지나 스스로 알을 깨고 세상과 마주한다. 그리고 어미가 주는 먹이를 받아먹으며 깃털이 자라 스스로 둥지를 떠날 수 있을 때까지 대략 2주 정도를 둥지에 머문다. 이런 과정을 거치는 새들을 만성성 조류라고 한다.

그에 반해 도요, 물떼새처럼 바닥에 노출된 둥지에서 태어난 새들은 알에서 깨어나자마자 종종걸음을 칠 정도로 빠른 시간 안에 움직일 수 있다. 그런 새들을 조성성 조류라고 한다.

빨리 걷기 시작했다고 조성성 조류가 더 우월한 건 아니다. 그저 주어진 조건이 달랐을 뿐이다. 조성성 아기새를 한사코 둥지에 붙잡아 두거나 만성성 아기새를 자꾸 둥지 밖으로 밀어내고 있는 건 아닌지 잘 생각해 볼 일이다.

꼬마물떼새 유조

일반화의 오류

어떤 새를 관찰했다고 할때 우리는 그 종의 보편적 특성과 그 개체만의 특성을 함께 보게 된다. 새의 체형이나 깃의 색과 형태, 비행 패턴, 먹이 활동, 소리 등 그 종이 갖는 보편적 특성의 범위 안에 있는 특징들이다. 하지만 자세히 관찰하면 개체마다 깃 갈이(묵은 깃이 빠지고 새 깃이 나는 일)나 깃이 닳은 정도가 다를 수 있고 영양 상태에 따라 깃 색에 차이가 있을 수 있다.

외부 형태뿐 아니라 행동에서도 차이를 보인다. 예를 들면 서산 천수만에서 관찰되는 흑두루미들의 경우 월동한 지역에 따라 사람들에게 허락하는 임계 거리가 다르다고 한다. 사람들과 자주 마주치는 일본 이즈미에서 월동한 개체들은 임계 거리가 가까운 반면 전남 순천만에서 월동한 개체들은 그렇지 않다는 것이다.

새를 보는 사람들 중에 어떤 개체가 보인 매우 예외적인 행동을 그 종의 보편적 특징처럼 받아들이는 경우가 종종 있다. "어떤 새는 겁이 없어!"라거나 "어떤 새는 사람을 좋아해!"라며 자신의 경험을 너무 쉽게 일반화해 버린다. 그리고 그런 섣부른 일반화 때문에 본의 아니게 새에게 피해를 주기도 한다.

사람도 마찬가지다. 어떤 그룹에 속해 있었다는 이유로 또는 맥락없이 발췌된 몇 줄의 글이나 특정한 상황에 한 행동만으로 그 사람의 모든 것들을 단정적으로 판단하는 경우가 있다. 늘 자신이 관찰한 것이 특별한 상황에서 그 개체만의 매우 이례적인 경우일 수 있음을 간과하지 말아야 한다.

토종과 외래종

'토종(자생종)'은 원래부터 그 지역에 살고 있던 생물을 이르는 말이다. 반대되는 말로 '외래종'이 있는데 그 지역에 처음부터 살지 않다가 새로 유입된 종을 말한다. '반만 년 역사의 단일민족'이라는 말을 계속 듣고 자란 탓인지 토종이나 자생종이라면 호감이 가고 외래종이라면 왠지 흘겨보게 된다. 특히 최근 뉴스를 통해 생태계에서 문제가 되고 있는 몇몇 외래종들이 부정적 이미지로 소개되면서 더욱 그런 인식을 갖게 됐다. 모피를 얻을 목적으로 들어왔다가 생태계로 유입된 우포늪의 뉴트리아나 양식용으로 들어왔다가 토종 물고기들의 천적이 된 베스, 황소개구리, 불교 등 종교 행사에서 방생용으로 들어왔다 문제가 된 붉은귀거북 등이 대표적인 예다.

식물도 대부분 약재나 관상용으로 필요해 일부러 들여오거나 외국에서 들여온 건설 자재 등을 통해 유입된 경우다. 하천변 등의 식생을 망치는 가시박, 갯벌 생태계를 위협하는 갯끈풀 등이 심각한 피해를 주는 외래종으로 알려져 있다. 최근엔 곤충들도 여러 번 뉴스에 등장했는데 등검은말벌이나 독이 있는 개미로 알려져 공포의 대상이 됐던 붉은불개미 등이 그것이다.

그런데 조금만 더 생각해 보면 외래종들이 우리에게 피해만 주는 것은 아니다. 우리가 가축으로 기르는 닭이나 돼지 등이 대부분 외국에서 개량돼 들여온 외래종이고 대표적인 반려동물인 개와 고양이들도 그렇다. 식탁에서 빠지면 안 될 고구마, 감자, 양파, 마늘, 고추 등 대부분의 작물과 채소가 따지고 보면 다 오래된 외래식물들이다. 유입된 지 오래되어 마치 자생종처럼 여겨지는 식물들을 우리는 귀화식물이라고 구분해서 부르기도 한다. 얼마 전 태백산 도립공원이 국립공원으로 승격되며 공원 내 오래된 일본잎갈나무를 모두 베어 내고 자생종인 소나무를 심겠다는 계획이 뉴스에 나와 화제가 된 적이 있다. 어떤 이들은 국립공원이라는 명칭에 걸맞는 계획이라며 찬성했고 어떤 이들은 오랜 시간 지역에 터를 잡고 살아온 거목들을 단지 외래종이라는 이유로 베어 낸다는 게 말이 안 된다며 반대했다. 그 소식을 들었을 때 나도 마음이 복잡했다. 한편으론 하필 왜 이름에 '일본'이란 단어를 써서 이 사달을 내나 하는 생각이 들어 이름을 지은 사람이 밉기도 했다. 일본잎갈나무의 다른 이름인 '낙엽송'이라고만 불렸다면 굳이 베어 내자는 말이 나왔을까 하는 생각도 든다.

일본잎갈나무는 내게 조금 특별한 의미가 있다. 십여 년 전 보기 힘든 새인 홍방울새 무리가 파주에 나타난 적이 있었다. 홍방울새들은 일본잎갈나무의 열매 속 씨앗을 빼 먹느라 며칠을 머물렀고 나도 운 좋게 홍방울새들을 만날 수 있었다. 뒷산에서도 일본목련이나 미국자리공, 서양등골나물처럼 외래식물을 자주 만날 수 있다. 그리고 그 식물들은 모두 새들이 좋아하는 먹이 식물이다.

다행스럽게도 포유류나 어류, 곤충, 식물들과 달리 조류는 외래종이라는 부정적 개념이 덜하다. 오히려 우리나라에서 한 번도 관찰된 적이 없는 낯선 종이 나타나면 탐조인들을 흥분시키며 크게 화제가 되기도 한다.

새와 다른 외래종들의 차이가 뭘까? 곰곰 생각해 보니 새는 스스로 이동했고 다른 외래종들은 사람에 의해 이동했다는 점이 다르다. 결국 문제를 일으키는 것도, 그 문제로 골치 아파하는 것도 사람이다.

일본잎갈나무 씨앗을 먹는
홍방울새

새를 '사랑한다'고 말하지 못하는 이유

새를 자주 관찰할 수 있는 곳에 작업실을 얻었다. 봄이면 먼 섬까지 가서 새들을 만난다. 새를 그리고 새에 관한 책까지 만든다. 이 정도면 사람들이 내게 "새를 정말 사랑하시는 것 같아요."라고 말하는 게 이상한 일은 아니다. 아예 당연히 그럴 것이라고 단정하는 경우도 있다. 그럴 때면 뭔가 오해받을 행동을 한 사람처럼 살짝 움츠러든다.

글을 쓰거나 말을 할 때 의식적으로 '새를 사랑한다'는 표현을 쓰지 않으려 노력한다. 적어도 내 기억으론 일부러 그런 표현을 한 적은 없다. 다만 '사랑스럽다'는 표현은 자주 한다. 그들이 사랑스러운 존재라는 것과 내가 그들을 사랑하는 것 사이에는 아주 큰 차이가 있다고 생각한다.

사랑한다고 말하려면 적어도 그 대상을 위해 내가 정말 소중하게 생각하는 것들을 희생할 수 있어야 한다. 그런데 내가 새들을 만나기 위해 하는 일이라고는 잠을 조금 줄인다거나 먼 거리로 이동하기 위해 약간의 시간과 비용을 투자하는 정도다. 또 감수해야 하는 불편이란 여름 숲속에서 모기에 시달리거나 추운 겨울 매서운 바닷바람을 견디는 정도에 불과하다. 그것도 따지고 보면 새들을 위한 것이 아니라 새를 좋아하는 나를 위한 일이다. 오히려 나는 새를 관찰하며 재미를 느끼고 많은 것을 배우고 그들을 소재로 책을 만들고 강연을 해서 돈까지 벌고 있다.

'꽤 좋아한다.'

새에 대한 내 감정은 그 정도가 딱 적당한 표현이다. 함부로 사랑한다고 말할 수 없다. 새를 만나기 위해 나보다 훨씬 더 많은 시간과 비용과 노력을 들이는 사람들도 많다. 그러면 그런 사람들은 다 새를 사랑하는 것일까? 그렇게 보기도 힘들 것 같다. 새들을 존중해야 할 생명이 아니라 즐거움을 주는 놀잇감이나 자신을 돋보이게 해 주는 피사체 정도로 생각하는 사람들도 있다. 최근 문제가 되고 있는 트로피헌터가 유사한 경우다. 그들은 희귀한 동물을 사냥하기 위해 많은 비용과 시간과 노력을 들이지만 동물들을 사랑하지는 않는다. 그들이 원하는 건 그 동물을 사냥하고 그 곁에서 사진을 찍어서 사람들에게 자랑하는 일이다.

난 언제쯤 새를 사랑한다고 말할 수 있을까? 적어도 그 의미를 확실히 알기 전까지는 난 새를 사랑한다고 말하는 것을 주저할 것 같다.

이 우만

대학에서 미술을 전공했습니다.

세밀화가라고 불리지만 그저 대상을 관찰하고 이해한 뒤 그림으로 열심히 설명해 주는 것뿐이라고 생각합니다. 대학생 때 처음 평양냉면을 먹고, 걸레를 빤 물 같은 걸 왜 먹을까 생각했습니다. 먹고 난 며칠 뒤부터 자꾸 생각이 나서 이름난 평양냉면집을 찾아다니기 시작했습니다. 사람들에게 새를 소개하는 일이 평양냉면을 사 주는 것과 비슷하다고 생각합니다. 한번 그 존재를 알게 되면 저절로 폭 빠지게 될 거라는 믿음이 있습니다.

이른 봄 파란 하늘빛이 담긴 무논이나 불어오는 바람이 간지러워 하늘거리는 청보리밭이나 고둥들이 온갖 그림을 그려 놓은 갯벌이나 키 큰 나무들이 만든 경계 속 하늘을 바라보는 걸 좋아합니다. 그리고 그곳에 새들이 있을 때 훨씬 더 아름다워진다는 것을 알고 있습니다. 자라는 아이들도 그런 풍경들 속에서 새를 만나며 자랐으면 좋겠다고 생각합니다. 새를 만나고 스스로 조금은 더 좋은 사람이 됐다고 생각합니다.

서울 도심에 있는 작은 뒷산을 11년째 관찰하며 그 안에서 보고 들은 걸 책으로 만드는 일을 하고 있습니다. 《바보 이반의 산 이야기》, 《내가 좋아하는 동물원》, 《내가 좋아하는 야생동물》 등에 그림을 그렸고, 쓰고 그린 책으로 《창릉천에서 물총새를 만났어요》, 《청딱따구리의 선물》, 《뒷산의 새 이야기》, 《새들의 밥상》이 있습니다.